KB001148

잃었지만 잊지 않은 것들

* 이 도서의 국립중앙도서관 출판예정도서목록(CIP)은 서지정보유통지원시스템
홈페이지(http://seoji.nl.go.kr)와 국가자료공동목록시스템(http://www.nl.go.kr/kolis-
net)에서 이용하실 수 있습니다. (CIP제어번호: CIP2019029903)

잃었지만 잊지 않은 것들

김선영

의사가 되어 아버지의 죽음을 생각하다

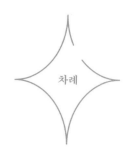

I

우리의 길고 아픈 밤
_암환자의 딸

2

당신의 삶을 지키고 싶습니다
_암환자의 주치의

#3

삶은 잠시도 멈춘 적이 없습니다

_엄마가 되어

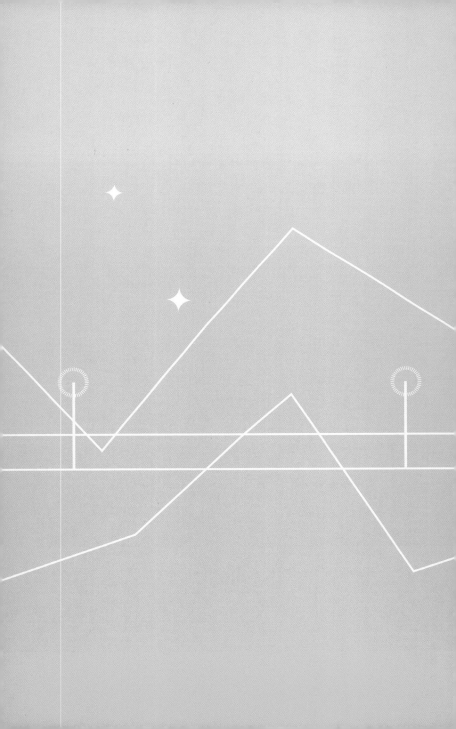

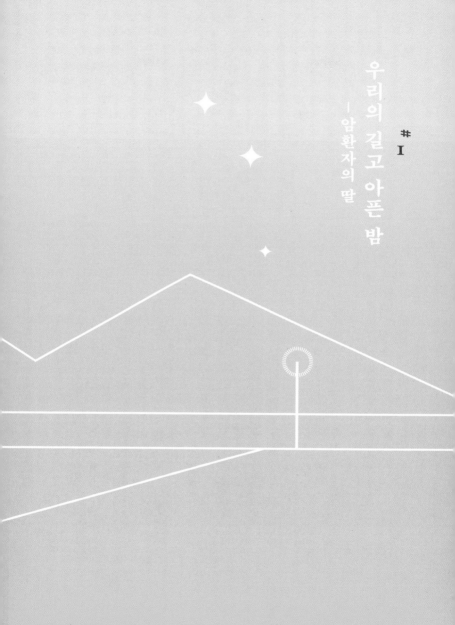

우리의 길고 아픈 밤

#I

—암환자의 딸

\\\

◑

부모님의 병상 일기를 톺아보다

《아직도 그대는 내 사랑》은 1992년 도서출판 눈에서 펴낸 어느 40대 부부의 병상 일기이다.

책에 등장하는 남편은 1990년 가을 담낭암을 진단받았다. 아내와 함께 서울의 큰 병원으로 갔으나, 암이 워낙 진행된 상태라 별다른 치료를 받지 못하고 그들이 살던 제주로 돌아왔다. 일기는 돌아온 1991년 1월부터 시작한다. 왼쪽은 아내가, 오른쪽은 남편이 지면을 채웠다. 그해 9월부터는 상태의 악화로 남편은 더 이상 쓰지 못해 아내의 일기만 있다. 책은 1991년 12월, 남편의 죽음을 기록한 아내의 일기로 끝을 맺는다.

책 출판은 아내의 의지가 아니었다. 남편을 따르던 지인이 간곡히 요청하여 하는 수 없이 출판을 수락하고 말았다. 그러나 아내는 그 세월을 다시 돌이켜볼 용기가 나지 않았고, 간병을 하는 동안 맘속을 오가던 수많은 감정들을 여과 없이 생생하게 털어놓은 그 글을 남들에게 보여준 것을 급기야 후회하였다. 아내는 출판사가 보낸 수십 권의 책을 모두 쓰레기통에 넣었다.

시중에 유통된 것은 몇 권이나 될까. 그렇게 특별할 것도 없는 사람이 쓴, 대단한 사건도 없는 책을 사람들이 얼마나 샀을까. 그보다 더 재미있고 감동적인 책들도 한 달에 수백수천 권씩 잊히고 있을 텐데 말이다.

22년이 지난 어느 날, 전주의 어느 헌책방에서는 그 책을 1,000원에 팔고 있었다. 주문하는 데에는 택배비까지 4,000원이 들었다. 부부의 딸이 부모의 생에서 가장 고통스러웠던 시간을 다시 들여다보는 데에는 고작 4,000원이면 충분했으나, 퍽 오랜 시간이 걸렸다.

아버지가 사망하였을 당시 열여섯, 중학교 3학년이었던 큰 딸이 자라 택한 직업은 공교롭게도 의사였다. 전공은 더욱 공교롭게도 종양내과. 그녀가 살아온 삶은, 아버지를 무너뜨린 암이라는 질병과의 싸움을 결심한 비장미 같은 것과는 거리가 멀었다. 그녀는 아버지의 죽음으로 무너진 중산층의 안락한 삶을 되찾기 위한 집념으로 열심히 공부하였을 뿐이었고, 실은 할 줄 아는 것이 그것밖에 없기도 했다. 당시 딸의 생각에는, 유학이라는 비용 투자 없이 안정적인 삶을 살 수 있는 가능성이 제일 커 보인 직업이 의사였기에 의대에 간 것뿐이었다.

학부를 졸업하고, 인턴 때 내과를 전공으로 선택하고, 전공의가 되어 세부 전공으로 종양내과를 선택하였을 당시에도 그녀는 아버지에 대한 생각은 별로 하지 않았다. 오히려 환자가 죽는 것이 일상인 분야이니, 예기치 않은 문제가 생겨도 크게 책임을 추궁당하지 않을 것 같다는 얄팍한 계산은 있었다.

그녀는 지금껏 종양내과의사로 십여 년을 살았다. 항암제를 처방하고, 항암제의 효과가 다하면 환자에게 다가오는 죽음을 알리고, 임종을 맞고…… 그렇게 수많은 환자를 저세상으로 보냈다. 그럼에도 사람의 죽음은 좀처럼 익숙해지는 것이 아니었다. 환자의 임종을 겪을 때면 아버지가 떠올라 종종 울었다. 사람들은 그녀가 마음이 착한 의사라고 생각했을지도 모르고, 동료들은 감정을 다스리지 못하는 미숙한 의사라고 생각했을지도 모른다. 그녀는, 환자가 아니라 본인에 대한 연민의 눈물이라는 걸 알았기에 우는 스스로가 부끄럽고 한심했다. 아버지가 마지막 숨을 헐떡이던 모습, 아버지의 숨이 다한 후 "이 지겨운 것…… 내가 뽑아줄게" 하며 일 년간 그의 옆구리에 박혀 있던 담즙배액관 튜브를 뽑아내던 어머니의 통곡이 뇌리에서 지워지지 않았다. 그녀는 이제까지 해온 삶의 선택들이 우연의 연속일 따름이라 생각해왔지만, 혹시라도 아버지의 죽음이 그 선택에 미친 의미가 조금이라도 있는지 생각해보기 시작했다. 16세 소녀에게 사무치는 슬픔과 고통을 안겨 지금까지도 마음 한편에 어둠을 드리우고 있는, 그 한 죽음을 말이다.

처음으로 그 책의 행방을 물었을 때, 엄마는 집에 한 권도 남겨놓지 않았다고 했다.

"왜?"

"한번 읽어 보려고…… 내가 그런 환자들을 많이 보니까 도움이 될까 해서."

"그걸 뭐 하러 읽어! 창피해서 다 버렸어."

"인터넷에 검색하면 나오던데……(책의 제목을 검색하면 가수 이은하의 노래가 나오고, 부모님의 성함을 함께 검색해야 도서관 서지 정보가 겨우 나온다)."

"검색하지 마……."

엄마가 우리 집에 다녀간 이후 헌책방에서 구입해 꽂아놓았던 책이 없어졌다. 아마도 엄마가 숨겼거나 버렸겠지. 결국 나는 그 책을 우연히 가지고 있던 오랜 벗에게 부탁하여 다시 손에 넣었다.

'아직도 그대는 내 사랑'은 엄마가 즐겨 흥얼거리던 노래 같은데, 들어본 지가 꽤 되었다. 뇌리에 계속 남아 있던 가사를 운명처럼 책의 제목으로 정하고서는 본인도 오글거려 노래마저도 부르지 못하게 된 것이 아닐까. 심지어 내게도 느껴지는 등줄기를 타고 흐르는 민망함. 처음 고등학생 때 이 책을 보고 느꼈던 차마 책장을 넘겨보지 못할 정도의 통증이 떠올랐다. 세월이 많이 흘렀고 이제는 어린애가 아니니 괜찮을 거라고 생각했다. 그러나 빛이 바래 누런 책장을 넘겼을 때 계속 흐르는 눈물은 어쩔 도리가 없었다.

한편으로는 20년 전의 투병 과정인데도 어쩌면 이렇게 요즘과 똑같은지 모르겠다는 생각을 했다. 신문과 티브이에 나오는 새로운 암 연구 결과에 일희일비하는 것, 지푸라기라도 잡듯 각종 민간요법에 매달리는 것, 고맙기도 하지만 병원과 의료진에

서운함과 아쉬움이 더 큰 것, 갑작스러운 증상 악화로 어쩔 줄 모르며 응급실로 달려가는 것⋯⋯ 말기암 환자의 고통을 덜어주지 못한다는 측면에서는 병원도, 사회도 그다지 달라진 것이 없었다. 한편으로는 죽어가는 사람과 가족의 고통은 의학과 기술의 발전으로도 해결하기 어려운 본질적인 고통일까 싶기도 하였다.

특별할 것 없는 한 남자가 지리멸렬한 일상 속에 죽어가는 이야기가 전부인 이 책이 나에게는 중요한 텍스트가 될 수도 있을 것 같았다. 부모님의 일기는 죽음을 앞둔 사람과 가족이 주어진 상황을 어떻게 받아들이는지, 고통이 어떻게 일상이 되어가는지를 말해준다. 그 일상을 조금 더 평온하게 유지하거나 조금 더 특별하게 장식하는 게 불가능해 보이지는 않았다. 암환자의 가족이었지만 지금은 암환자를 보는 의사로서, 지금 힘든 시간을 보내고 있는 이들에게 해줄 말이 있지 않을까?

그 말들을 정리하기 위해 글을 써보기로 했다. 그 행위가 내게도 치유의 과정이 될 수 있을 것 같았다. 난 이제 암환자의 가족이 아니라 그들의 무너지는 마음을 붙잡아주어야 하는 치료자이기에, 언제까지나 그들 곁에서 옛날의 나를 떠올리고 불쌍해하며 울고 있을 수가 없다. 글을 쓰며 과거로 돌아가 실컷 다울고 나면, 조금 떨어져서 그 슬픔을 바라볼 수 있으리라. 그러고 나면, 내 환자들에게 위로가 되고 도움이 되는 말들을, 또는 몸짓들을 울지 않고 할 수 있을 것 같기도 하다. 그들이 기댈 수 있는 치료자로서⋯⋯.

암을 진단받은 세 아이의 아버지

"90년의 늦가을 고등학교 동창회 모임에 참석 후 만취하여 자정쯤에 귀가한 그이는 평소보다 피곤해 보였다. 나는 그러한 그이를 이상하게 여기지 않았다. 이튿날 아침, 평소대로 6시 기상하여 근거리에 계신 어머님에게 문안 인사를 드리러 가야 하는데 그이는 일어날 기색이 없었다. 아침 출근 시간이 가까워 흔들어 깨웠을 때 그이는 몸이 이상하다며 아무래도 병가를 내야 할 것 같다는 이야기를 했다. 전에 없던 일이었다. 그날 오후 그이를 데리고 제주 시내 OO병원을 찾았다. 병원에서는 종합 진찰을 해봐야겠다고 했다. 불안감이 들었다. 감기 정도의 몸살로 알고 있었는데 종합 진찰이라면 크게 이상이 온 것이 아닌가 하는 불안감이었다.

(…)

"담낭암 같습니다. 자세한 것은 서울로 가서 다시 진찰을 받아봐야 할 것 같습니다."

그러면서 그는 현대 의학으로 담낭암은 치료가 가능하다는 이야기로 나를 안심시키려 들었다. 나는 온몸이 주저앉는 현기증을 느껴야 했다. 나는 그이에게 담낭암이라는 사실을 숨기기로 했다. 짐짓

태연해 보이려는 나에게서 그이는 이상한 느낌을 받았는지 오히려 나를 위로하였다."

1990년 가을, 건강하고 활력이 넘쳤던 40대 중반의 세 아이의 아버지이자 부교수로 승진한 지 얼마 되지 않은, 학문의 전성기를 눈앞에 둔 경제학자인 그는 눈자위가 노래지고, 소변이 검붉게 나오며, 전에 없이 피곤한 이상한 증상들을 느끼기 시작했다. 서울로 올라간 그는 나의 모교가 된 의과대학의 부속병원에서 담낭암 진단을 받았다.

아버지의 수술은 O&C*였다. 진단을 위한 조직검사를 했을 것이고, 옆구리에는 플라스틱관을 꽂았다. 담도를 막고 있는 종양 때문에 십이지장으로 빠져나가지 못한 채 고여 있던 쓸개즙을 몸 밖으로 빼내기 위해서였다. 이것이 수술장에서 벌어진 일의 전부다.

의과대학 본과 3학년 때 들은 외과학 수업 중 '담낭의 질병'을 강의하신 분이 아버지의 집도의였다. 발병 빈도가 높은 담석과 담낭염을 다루었고, 담낭염에 대한 수술을 설명하며 '나도 쓸개가 없어'라며 우스개로 말씀하셨던 기억이 난다. 담낭(膽囊), 우리말로 '쓸개'라는 장기는 간에서 만든 쓸개즙을 모아서 저장

---

* open and close를 줄여서 O&C라고 부른다. 개복을 하였다가 수술을 할 수 없을 정도로 질병이 진행된 것을 확인하고, 절개한 피부를 봉합하는 것.

했다가 십이지장으로 배출하는 역할을 한다. 있으면 좋지만 없어도 사는 데 큰 지장은 없는 그런 장기. 왜 하필 그런 장기에 암이 생겼던 걸까. 우리 아빠도 1990년 가을까지 그렇게 건강하지 말고 차라리 담낭염이라도 앓았었다면, '쓸개 없는 인간'으로 살았더라면…… 그렇게 큰 병은 피할 수 있지 않았을까, 하는 부질없는 생각을 잠깐 했었다.

담낭암에 대한 내용은 강의록 말미에 나온 몇 줄이 다였다. 예나 지금이나 치료 방법이 퍽 많지는 않은 암종에 속하니, 학생들에게 가르칠 만한 내용은 별로 없었을 것이다. 그 몇 줄의 내용, "담낭에는 장기의 겉을 싸고 있는 장막이 없어 암이 간으로 퍼지기 쉽고 예후가 매우 나쁘다"를 보면서도 별 느낌이 없었다. 그때 이미 마음만은 의사가 다 되어 있었나 보다.

"담당 의사는 미소 띤 얼굴로 종합 진찰 결과를 그이와 나에게 설명하여 주었다. 담낭에 이상이 생겼는데 간단한 수술만 하면 완치된다는 그런 내용이었다. 그의 앞에서 암이란 이야기는 나오지 않았다. 그이는 중하지도 않은 병을 갖고 법석을 떨었다며 나를 나무랐다. 그날 오후 나는 그이 몰래 다시 담당 의사를 만났다. 담당 의사는 오전의 환한 모습과는 달리 매우 침통해 보였다. 불안했다.

담당 의사가 무겁게 입을 열기 시작했다. 나는 태어나 처음으로 하나님을 원망해야 했다. 담당 의사의 이야기는 그이의 담낭암세포가 간으로 전이됐다며 상태가 아주 심각하다는 것이었다. 그이가 이 세상에 남을 수 있는 시간이 1년이라는 이야기와 함께, 1년의 시간조차 더 짧아질 수도, 또는 약간 길어질 수도 있다고 하며, 만약 수술을 한다 하여도 큰 차이가 없다는 것이었다."

어머니가 기록한 것은 우리나라의 대다수의 병원에서 담당 의사가 암 진단과 기대여명에 대한 나쁜 소식을 전하는 전형적인 방식이다. 본인에게는 가급적 희망적인 방향으로 포장해서 말하고, 제대로 된 설명은 가족을 따로 불러다가 한다. 대개는 환자에게 설명하기 전 가족들을 만나 환자에게 어느 정도의 '수위'까지 이야기할지를 먼저 정한다. 나 또한 의사의 자리에서 수없이 해왔고, 지금도 그렇게 하고 있다.

왜냐하면, 이 방식이 가장 쉽기 때문이다.

간절한 눈빛을 하고 있는 40대 남자에게 "당신은 암 진단을 받았고 앞으로 일 년 정도 산다"는 잔인한 진실을 맞닥뜨리게 해야 한다. 입이 잘 안 떨어지고, 환자의 반응도 두렵다. 그것이 절망이건 분노이건 간에. 가족이 미리 "환자가 너무 좌절할지 모르니 나쁜 얘기는 하지 말아 달라"며 부탁하는 경우도 비일비재하다.

"그럼 저는…… 죽는 건가요?" "다른 치료 방법은 없나요?" "어떻게 저에게 이런 일이 일어나죠?" "뭔가 잘못된 게 아닐까요?" 절망에 찬 질문에 차례로 답하면서 확인 사살을 하는 악역은 십 년 넘도록 반복해도 익숙해지지 않는다. 그래서 많은 의사들이 택하는 방식은 '미루기'다. 진실을 말하기를 미루는 것. 가족들 역시 환자 뒤에서 온갖 몸짓을 하며 당장은 얘기하지 말아 달라는 메시지를 보낸다. '환자를 심리적 충격에서 보호하자'는 명분 아래 의사와 환자 가족의 동맹이 이루어진다.

'환자의 사생활을 보호하고…… 환자의 인격과 자기 결정권을 존중한다'는 대한의사협회가 펴낸 의료윤리강령 중 하나다. 현실에서는 어떤가. '종양내과' 또는 '암 병원' '암 센터'에 진료를 받으러 오면서 굳이 '그냥 혹' '양성종양'으로 포장해서 환자에게 설명해주기를 원하는 가족들이 있고, 바쁜 의사는 그 요청을 받아들이고 만다. 환자에게 치명적인 병명을 알려줬다는 이유로 의료진을 원망하는 가족들도 있고, 극단적인 경우에는 의료진에게 폭력을 휘두르기까지 한다(나의 동료가 겪은 일이다). 이래저래 진실을 이야기한다는 것은 많은 시간 소모와 불평과 괴로움을 감수해야 하는 일이 되어 버렸다.

"집으로 오던 날 밤 그이는 자신의 병명을 솔직하게 이야기해 달라고
하며 자신도 짐작을 하고 있다고 했다. 그 말에 가슴이 철렁했다.
그이의 눈망울엔 눈물이 가득 괴어 있었다. 순간 나는 그렇다, 이것은
숨겨서 될 일이 아니다, 본인도 사실을 알아야 한다는 생각이 들었다.
아니 그보다는 누구에게도 말 못 한 두려움과 공포를 털어놓아
역위안을 받고 싶은 심정이었는지도 몰랐다.
담낭암과 간암, 1년이라는 시한부 생명임을 그이에게 이야기했다.
그이와 나는 그날 밤새 말없이 울었다. 그날 이후 그이는 1년이라는

두 분이 밤새 울고 난 다음 날, 아무렇지도 않은 듯 나와 동생들의 아침을 챙기고 등굣길을 배웅했을 그날은 차디찬 1990년 12월의 어느 날이었을 것이다. 아무것도 모르던 중학교 2학년의 큰딸은 한 달여 동안의 병원 생활을 끝낸 부모님이 돌아오셨다는 것만으로도 들떠 있었을 것이다. 부모님 없이 할머니 아래에서 동생들과 지내야 했던 몇 주가 지옥 같았고, 한번은 부엌에서 쌀을 씻다가 미칠 것 같은 마음에(사춘기였다) 비명을 지르고 목놓아 울었다. 아빠는 배에 플라스틱관을 꽂은 낯선 병자의 모습이고, 엄마는 지치고 슬픔에 가득 차 보여 쉽사리 말을 건네기도 어려웠지만, 그래도 엄마 아빠가 있어 좋았던 열다섯 살의 겨울이었다.

환자에게 역으로 위안을 받고 싶었다는 어머니의 글에서 진실을 숨기고 홀로 껴안는 것도 힘듦을 실감한다. 얼마나 외롭고 두려웠을지⋯⋯ 망망대해에 홀로 버려진 마음이었을 것이다. 그래서 찢어진 돛이라도 붙잡는 마음으로 아버지에게 털어놓았을 것이다. 그렇게라도 자신의 짐을 덜고 싶었던 어머니의 좌절감은 지금도 상상하기가 어렵다.

◐

브레이킹 배드 뉴스

암 진단 결과를 환자에게 설명하는 과정에서 의료진이 좀 더 사려 깊게 개입하면 환자와 가족들이 겪는 절망과 마음의 고통을 줄일 수 있다.

'나쁜 소식 전하기(breaking bad news)'는 의과대학생 및 의료진들을 대상으로 하는 의사소통 교육에서 빠질 수 없는 주제이다. 환자에게 치명적인 질병을 진단받았음을 알릴 때, 또는 치료에 반응하지 않고 질병이 진행하고 있다는 나쁜 소식을 전할 때 과연 어떻게 말할 것인가. 놀랍게도 이런 것도 가르친다. 누구에게도 어려운 이 역할을 어떤 분위기에서, 어떤 순서로, 어떤 언어를 사용해 수행해낼 것인지를.

내가 학교를 다니던 시절엔 시험문제로 출제해 순서대로 외워서 쓰게 했지만, 요즘엔 실기 시험으로 잘 해내는지 살펴보기도 한다.

어떻게 하는 것일까? 나쁜 소식을 전하는 여러 가지 면담 기법이 있지만, 공통적인 것은

1) 먼저 환자나 가족이 어떤 생각을 가지고 있는지 탐색하며

\\\

분위기를 조성하고,

2) 조심스럽지만 분명하게(에두르지 말고, 미루지 말고!) 나쁜 소식(암을 진단받은 것, 얼마나 살 수 있는지 등)을 전하며,

3) 그럼에도 불구하고 의료진이 당신을 도울 방법을 알고, 도울 의지가 있다는 것을 전달(그러나 막연한 희망을 던져 불가능한 기대를 하게 해서는 안 된다)하는 것이다.

그러나 아직 우리나라 대부분의 병원에서는 이런 방식으로 설명하고 있지 못하다. 나쁜 소식 전하기 훈련은 대개 의과대학에서 그친다. 한 명의 의사가 입원 환자 30-50명을 맡아서 보느라 한 환자당 겨우 2-3분 정도 주어지는 외래진료 시간에는 불가능한 일이다. 수련 중인 의사들 역시 의사소통 훈련에는 크게 매력을 못 느낀다. 의학 실무 지식 익히기만으로도 충분히 버거운 와중에 나쁜 소식 전하기는 외워서 쓸 수 있는 지식의 영역도 아니고, 당장 환자를 살리는 데 필요한 요령도 아니기 때문이다. 나 역시도 환자와 대화를 어떻게 이끌어 나가야 할지 고민해본 적은 많지 않다. 그러나 이는 환자의 질병에 대한 인식과 치료의 여정을 좌우하는 중요한 순간이다. 이때 잘하지 못하면 환자와 가족에게 감정적 고통을 줄 뿐 아니라, 의사에 대한 신뢰 역시 형성되기 어렵다.

만약 내가 아버지의 담당 의사라면 이 청천벽력 같은 소식을 어떻게 전달할까? 가족만 불러서 따로 얘기하거나, 준비 과정 없이 사실만을 전달함으로써 환자를 당황하게 하는 방식은

곤란하다.

우선 두 분을 병동에 마련된 조용한 방으로 부른다.

"이제까지 여러 가지 검사를 받으셨는데, 상황을 설명해 드리려고 합니다. 지금 기분이 어떠신가요?"

"좀 걱정이 되네요. 아무래도 황달이 생기면 간이 많이 안 좋아진 거라고 해서…… 큰 병은 아닌지 두려워요."

"음…… 아주 좋은 소식이 아니긴 합니다. 말씀드려도 괜찮을까요? 많이 힘드시면 가족분이 대신 들으실 수도 있습니다."

"그래도 제가 알아야죠. 제가 선생님께 직접 정확히 듣고 싶습니다."

"CT 결과 담낭—보통 쓸개라고 부르는, 간에서 생긴 담즙을 보관하는 주머니입니다—에 혹이 있고, 그게 담도를 눌러서 황달이 생긴 것 같습니다."

"그 혹이 뭔가요?"

"악성종양일 가능성이 높습니다."

"악성종양이라면……."

"보통 암이라고 부르는 병입니다. 병명은 담낭암일 가능성이 높아 보입니다."

"그럼…… 치료가 가능할까요?"

"유감이지만, 담낭암이 진행되어서 간까지 퍼진 상태이기 때문에 아마 수술로 제거하기는 어려울 것 같습니다. 담낭암은 아직까지 수술이 유일한 치료 방법입니다. 수술이 어렵다면…… 아마 완치를 기대하기는 어려울 것 같습니다."

"그럼…… 저는 이제 죽는 건가요?"

"일단은 황달을 조절하기 위해 시술을 할 예정입니다. 담관 배액술이라는 시술인데요, 담관이 막혀서 제 갈 길을 가지 못하는 담즙이 혈액에 섞이지 않도록 몸 바깥으로 빼주는 시술입니다. 시술을 하면 간 기능이 더 악화하는 것을 막고 감염증이 생길 위험을 줄일 수 있습니다."

"그건…… 암을 치료하는 것은 아니지요?"

"암 자체를 줄이는 방법은 아니지만, 암으로 인한 합병증이 악화하는 것을 막기 위한 우회로 같은 것이죠. 이런 치료를 완화치료라고 부르는데, 암으로 인한 여러 가지 증상들을 조절하기 위한 방법들은 이 외에도 여러 가지가 있습니다."

"하지만 암이 치료되는 것은 아니지요? 제대로 치료할 수 있는 다른 방법이 없을까요?"

"말씀드렸지만, 종양 자체를 없애거나 줄이는 것은 한계가 있는 상황입니다. 항암 치료를 고려할 수는 있지만 효과가 미미한 반면 독성도 만만치 않아서, 환자분께 정말 도움이 될지는 의문입니다.* 우선은 황달이 있는 상태에서는 항암 치료의 부

---

* 지금은 담낭암 및 담관암에 젬시타빈과 시스플라틴이라는 표준 항암화학요법이 있고, 여러 가지 표적치료제와 면역치료제 등이 시도되고 있지만, 아버지가 진단을 받았던 당시인 90년대 초반에는 젬시타빈이 아직 나오지 않았다. 게다가 2000년대부터 등장한 효과적인 항구토제도 없던 시절이었기 때문에 항암 치료를 하더라도 부작용을 조절하기가 힘들었을 것이다.

작용 위험이 커서 권해드리기 어렵습니다. 저도 마음이 아프네요…… 환자분도 많이 힘드실 것 같습니다."

"뭘 어떻게 해야 할지 모르겠네요…… 너무 청천벽력 같은 소리라……."

"환자분, 가족분 모두 당황스럽고 힘드시겠지만, 저희가 최대한 돕겠습니다. 앞으로 여러 가지 힘든 증상들이 나타날 수 있습니다. 우선 말씀드렸다시피 담관 배액술을 하고, 관리하는 방법을 알려드릴 것입니다. 통증이 나타날 수 있는데, 진통제를 잘 쓰면 조절이 잘 되는 경우도 많습니다. 중요한 것은 환자분이 불필요한 신체적·정신적 고통까지 겪지 않도록 관리하는 것입니다. 고통이 없을 순 없지만, 가능한 한 줄일 수는 있습니다."

"선생님만 믿겠습니다."

"의지가 강하시고 평소에 건강하신 편이었으니 잘 이겨내실 것입니다. 그리고 저 혼자 환자분을 돌보는 것은 아닙니다. 여러 가지 신체적 증상뿐만 아니라 우울함이나 불안 같은 심리적 증상도 많은 환자분이 겪게 되시는데, 내과, 정신과, 마취과 등의 다른 과 의사 선생님들도 도움을 드릴 수 있습니다. 또한 간호사, 사회복지사 등 환자분을 돌보는 여러 직군도 있습니다. 가톨릭 신자라 하셨죠? 병원에 성당이 있으니 신부님, 수녀님과 상담을 해보시는 것도 마음을 다스리는 데 도움이 될 것 같습니다."

항상 이렇게 하는 것은 아니다. 늘 시간에 쫓기고, 막상 설명을 하려면 입이 떨어지지 않기도 하며, 예상치 못한 질문에 당황하기도 하니까. 또한 오늘날 박리다매식으로 운영되는 우리 나라 대다수의 암병원은 한마디로 공장형 시스템으로 돌아간 다. 검사 결과가 나오면 속전속결로 환자에게 통보하고 휘몰아 치듯이 바로 치료를 시작하는 와중에는 이런 '느린 진료'가 이 루어질 틈이 없다. 대부분의 병동에는 따로 상담할 만한 조용한 방도 없다.

병동을 다니다 보면 복도에 서서 심각한 얼굴로 이야기하는 의사, 풀이 죽거나 우는 보호자가 종종 눈에 띈다. 환자 치료가 중요하지, 보호자와 어디서 얘기하건 무슨 상관이냐고 할지 모 르지만, 그렇게 아무나 지나다니는 복도에서 한 사람의 절체절 명의 순간을, 그것도 당사자 없이 이야기하는 것이 옳은가? 늘 해왔던 일이지만 곰곰이 생각해보면 소스라치며 놀라게 되는 것이다.

이상적인 나쁜 소식 전하기 시나리오를 써봤지만 그렇게 했 더라도 두 분이 치를 마음고생이 그리 많이 덜어질 것 같지는 않다. 치명적인 병, 길어야 일 년의 시간, 그 사실 자체가 바뀌는 것은 아니니까. 하지만 암 진단을 받았을 때 좀 더 시간을 두고 의료진과 찬찬히 상담할 시간이 있다면, 그리고 그 상담을 통해 정서적 지지와 위로를 받는다면, 아래와 같은 일들은 조금이나 마 줄일 수 있지 않을까.

병원에서 멀고 먼 길을 달려 집으로 돌아와 두려움에 떨며 눈물을 흘리는 것.

앞으로 무엇을 어떻게 해야 할지 알 수 없어 막막해 하는 것.
질병의 고통 속에 홀로 남겨진 기분에 외로워 절망하는 것.

신약이 하나 개발되면서 연장되는 진행암* 환자의 수명은
대개 수개월 정도이다. 암 진단 순간부터 존중과 배려를 담은
투명한 의사소통을 시작하는 것이 신약보다 덜 중요할까? 환자
삶의 질에는 어떤 좋은 약보다 더 큰 영향을 미칠 수도 있다. 의
사소통 훈련과 충분한 상담 시간은 의료진의 선의만으로는 가
능하지 않다. 돈이 드는 일이다. 그러나 신약 사용으로 지출되
는 건강보험 약제비에 비해서는 미미할 것이다. 이젠 병원에서
의 경험을 좀 더 인간적인 것으로 만드는 일에도 투자해야 하지
않을까.

---

* 진행암(advanced cancer)은 진단 당시부터 완치가 불가능하다고 판단되는 전
이암(metastatic cancer) 또는 재발암을 일컫는다. 암종의 종류에 따라 다르기
는 하나, 대개 5년 생존율은 약 5~10퍼센트 전후이다. 그러나 항암 화학 치
료로 수개월에서 수년까지 생존할 수 있기에 '말기'라고 표현하지는 않
는다. 항암 치료로도 더 이상 암의 진행을 조절할 수 없는 경우를 말기암
이라고 부르며, 이 책에서 이야기하는 암환자들은 진행암과 말기암 환자
를 일컫는다. 반면 진단 당시부터 수술이 가능한 초기암은 상당수가 완치
가능하다. 2018년 12월에 발표된 가장 최근의 중앙암등록본부 통계자료
(2016년 기준)에 의하면 우리나라 암환자들의 5년 생존율은 70.6퍼센트였
고 이는 90년대의 41.2퍼센트에 비해 월등히 향상된 것이다.

\\\

◐

어린 자녀를 두고 떠나야 하는 이들에게

1991년 6월 26일

선영에게

어제 학교에서 돌아온 네가, 반 친구의 어머니가 돌아가셨다며 그 아이가 불쌍하다고 애처로워하는 걸 보고 엄마의 기분이 어땠는지 어떻게 설명할 수 있을까.

엄마가 뭐라고 말했는지 기억하니?

사람이 살고 죽는 것은 별것이 아니다. 태어나면 죽는 것이 당연하지 않느냐고 말했지?

어쩌면 너와 나, 우리 가족도 그 아이처럼 상복을 입고 사람들의 애처로워하는 눈빛을 받게 될 날이 다가오고 있는지도 모르거든.

선영아, 그때에 우리는 함께 굳세어지자.

이 험한 세상의 파도를 헤쳐 나가려면 강해져야 하거든.

아빠는 엄마와 함께 열심히 투병하고 있지만 워낙 어려운 병이어서…….

아빠의 옆구리에 달린 호스와 주머니를 보고 너도 어느 정도 예감은 했지?

나는 도저히 너희들에게 아빠의 병 얘기를 할 수가 없었단다.

1991년 11월 24일

"아빠는 오래 못 살아."

어제 현우와 선영이는 자신들의 계획 때문에 아빠에게 못 와봤다.

토요일인데도 위중한 아빠의 병실에 올 생각을 못하는 것이다.

그러는 애들이 밉고, 원망스럽고, 화가 나서 얘기해버렸다.

선영이의 연합고사 때까지는 이런 얘길 안 하려고 했었는데…….

이 글을 쓰는 이 순간에도 남편은 헛소리를 한다.

초점 없이 천장을 보고 있기도 하고…….

선영이와 현우도 아빠 보고 운다. 나도 따라 울었다.

애들이 운다고 나도 따라서 울면 안 되는데…….

다니던 중학교에서 버스를 타고 내리막길로 20분 정도 쭉 내려오면 아빠가 입원해 계신 병원이 있었다. 한번은 하굣길에 병원에 들르기 위해 버스를 타고 가면서 울먹이다가 친구를 마주쳤다. 그 아이는 내게 말을 못 붙이고 머뭇거리다가 떠났고, 비참하고 창피한 마음에 나는 눈물이 더 났다. 앞으로는 남들 앞에서 울지 말아야겠다고 생각했던 그날의 다짐은 이후로도 지켜지지 못했다.

울지 말아야지. 적어도 환자 앞에선 울지 말아야지. 다짐은 또다시 여지없이 무너진다. 살아내려 안간힘을 쓰는, 그런데도 죽어가고 있는 젊음, 그중에서도 어린아이를 두고 저세상으로 떠나야 하는 이들을 볼 때면 마음을 건조하게 유지하기가 어렵다. 가끔 병동 구석이나 계단에서 울고 있는 중고등학생들을 볼 때 역시 가슴 한구석이 무너져내린다. 아픈 부모를 만나러 온 아이들. 그들을 볼 때면 1991년 겨울, 버스 차창에 비친 눈물범벅이 된 내 얼굴이 겹친다.

"선생님 30세 여자 환자 A씨가 호흡곤란으로 응급실에 내원했습니다. 항암 치료는 중단하셨고 흉수 증가 소견이 있으며……."

지난겨울이었다. A씨. 익숙한 이름이다. 이름만 들어도 고통의 외마디 소리가 들리는 것 같은 환자가 있다. 계속 마음에 걸리는 이들. 그 힘든 항암 치료를 치르고도, 불행하게도 효과를 보지 못했던 분이다. 더 이상 도움이 안 되어 항암 치료는 일찌감치 접었던 상황. 뭘 해줄 수 있을지 대안이 없어 괴로운 분들. 응급실에 왔을 때는 대개 이별을 준비해야 할 때이다.

"폐 전이 진행이 빨라졌습니다. 점차 숨이 더 차실 텐데, 이전처럼 폐에 찬 물을 조금씩 뽑아주어야 좀 편해지실 거예요. 체력도 점점 떨어지고 거동도 힘드니, 효과적인 증상 조절을 위해서는 호스피스 병원으로 옮기시는 것이 좋을 것 같습니다."

"증상이 좀 좋아지면, 항암 치료 다시 할 수 있나요?"

그녀는 언제나 처음 같은 표정으로 물어본다. 외래 상담 때마다 나는 상황이 좋지 않다는 신호를 보내고, 그녀는 어두워진

얼굴로 진료실을 나가지만, 다시 돌아올 때면 언제나 아무렇지도 않은 처음 같은 표정이다. 나쁜 일은 일어나지 않을 거라는 표정. 하지만 시간이 없다. 오늘은 쐐기를 박을 작정으로 이야기한다.

"환자분…… 많이 안 좋아요. 시간이 많지 않아요."
"무슨 말씀이세요? 저…… 죽어요? 얼마나 남았는데요?"
"앞으로 한 달 남짓…… 생각하셔야 할 것 같아요."

그녀에겐 두 살짜리 아이가 있다. 언제나 처음 같은 표정으로 돌아오는 이유는 그 아기가 아니었을까. 그녀가 무너진다.

"선생님, 이번 달만…… 어떻게 12월만 넘길 수는 없을까요? 이제 곧 크리스마스인데…… 아이한테 12월을 엄마랑 헤어진 달로 기억하게 하고 싶지 않아요, 제발……."

그날은 어떻게 뭐라고 해야 할지 몰라서, 환자에게 너무 미안해서, 두 살 된 아이에게 너무 미안해서, 환자 앞에서 눈물을 보이고 말았다.

이별을 겪은 아이가 어떻게 그것을 견딜 수 있을지, 슬픔을 어떻게 마음에 담아두게 될지, 이별 이후엔 내가 지켜주지 못하는 세상을 어떻게 살아갈지…… 떠나야 하는 부모는 이 모든 것

\\\

이 두려울 것이다. 그 슬픔을 어떤 말로도 위로할 수가 없어서 나는 번번이 실패했고, 때론 울면서 병실을 뛰쳐나가는 못난 모습을 보이기도 했다. 환자를 살리지 못한다는 무력감 한가운데서 어린 시절의 기억이 되살아나기 시작하면, 이 비극에서 한발 물러나 있기가 너무 힘이 든다.

이 상황에서 감정의 거리를 두고 환자와 가족이 믿고 기댈 수 있는 의연함을 보여주는 것. 아직도 나는 연습 중이다. 울지 말아야지, 되뇌며.

한심하게 환자 앞에서 울어 그들을 혼란스럽게 만드는 의사보다는, 이별의 슬픔에 대해 말하는 두 편의 동화가 더 큰 위안을 줄지도 모르겠다. 공교롭게도 아빠가 사주셨던 책으로 읽은 동화들이다. 아빠는 책을 좋아하는 딸을 위해 서울로 출장을 갈 때면 늘 광화문 서점에 들러 창비아동문고를 열 권씩 사 오시곤 했다.

톨스토이의 《사람은 무엇으로 사는가》. 수일 전에 사고로 남편을 잃고 쌍둥이 아이를 해산한 여인의 영혼을 데려가기 위해 내려온 천사에게 그녀는 빌고 있다. 내가 죽으면 이 아이들은 누가 돌보느냐는 여인의 읍소에 천사는 빈손으로 올라가지만, 그 일로 하느님의 노여움을 사서 날개를 잃고 인간 미하일이 되어 지상에 떨어진다. 구두장이 시몬에 의해 구조되어 구둣방에서 일을 하게 된 미하일은, 쌍둥이 아이를 거두어 키우는 부부가 아이들의 구두를 맞추기 위해 방문한 것을 보고 깨달음을 얻게 된다.

사람들은 자기 자신을(또는 가족을) 걱정하며 살아가지만, 실은 사랑으로 사는 것이라고.

어린 시절에 읽은 이 동화에 나온 종교적인 경구는 되뇌어 보아도 완전히 이해하기 어렵다. 신은 비정하고 아이들은 운이 좋았을 뿐이라는 생각이 자꾸 치밀어 오른다. 타인의 이타심을 막연하게 기대할 수밖에 없는 현실도 마음을 무겁게 한다. 그래도 동화에 등장하는 여러 인물과 장치들이 한데 어우러져 무언가를 믿고 싶게 만든다. 미하일을 도울까 망설이던 구두장이 시몬과 냉정했던 아내의 변화, 한 치 앞 죽음을 모르고 오만했던 귀족, 미하일이 벌거벗겨진 채 버려졌던 러시아의 황량한 들판과 대조되는 온기 가득한 구둣방. 사람의 운명은 바꿀 수 없고 비극은 피할 수 없으나, 그럼에도 불구하고 사랑이라는 인간의 힘을 믿고 싶어지는 이야기이다.

또 하나의 동화는 E. B. 화이트의 《우정의 거미줄》이다(시공주니어에서 번역 출간한 《샬롯의 거미줄》로 더 알려졌다). 이 책이 언급된, 동화작가 케이트 디카밀로가 '아이들에게 어떻게 슬픔에 대해 이야기할지'에 대해 동료 동화작가에게 쓴 편지를 읽고 나는 많이 울었다.

마지막에 나오는 샬롯의 대사, 아기 돼지 윌버가 만끽할, 그러나 샬롯은 보지 못할 봄의 아름다움을 인용하면서 케이트 디카밀로는 이렇게 말한다.

E. B. 화이트는 세상을 사랑했습니다. 세상을 사랑하기에, 세상에 관한 진실을 말했죠. 그 슬픔을, 애통함을, 가슴 미어지게 만드는 아름다움을. 그는 자신의 독자들을 충분히 믿었기에 그들에게 진실을 말했고, 그 진실과 더불어 위안이, 또한 우리는 혼자가 아니라는 느낌이 왔던 겁니다.
우리가 할 일은 우리의 독자들을 믿는 것입니다.

우리가 할 일은 보는 것, 또한 남들도 우리를 보도록 허락하는 것입니다.

우리가 할 일은 세상을 사랑하는 것입니다.[*]

아기 돼지 윌버는 자신을 지켜주던 친구인 거미 샬롯의 죽음 이후 슬픔에 잠겨 있었지만, 곧 그녀가 남기고 간 작은 아기 거미들을 보며 눈물 어린 환호를 보낸다. 세상은 슬프지만, 슬픔이 있어 그만큼 아름답고, 그것을 우리는 사랑하지 않을 수 없다.

그냥, 괜찮다고 말하고 싶었다. 부모를 잃은 아이가 살아가

---

[*] 2018년 1월자 〈타임〉에 실린 글 'Why Childrens Books Should Be a Little Sad(왜 동화는 약간 슬퍼야 하는가)'를 김명남 번역가가 번역해서 블로그에 올려두었다. 그곳에서 보고 가져왔다. https://starlakim.wordpress.com/2018/01/25/why-childrens-book-should-be-a-little-sad-kate-dicamillo/

는 방법은 부모를 잃지 않은 아이가 살아가는 방법만큼이나 여러 가지이고, 오로지 결핍만이 그 아이의 삶을 규정하는 것은 아니라고. 슬픔이 있는 삶은 다른 슬픔에도 더 많이 공감할 수 있는 색깔을 하나 더 지니는 것이라고.

그러니까, 너무 걱정하지 않아도 된다고 말하고 싶었다. 아이는 잘 살아갈 것이라고.

지금은 아마 고인이 되었을, 두 살짜리 아이를 두고 가야 했던 젊은 엄마에게, 그리고 병원 계단과 복도에서 울던 어린 학생들에게, 말해주고 싶었지만 눈물이 나와 차마 할 수 없었던 말을 글로나마 전해주고 싶다.

저희 아빠도 12월에 돌아가셨어요. 크리스마스를 딱 일주일 남겨놓은 날이었죠.

물론 저는 당신의 아이같이 아주 어린 나이는 아니었어요. 중학교 3학년이었고, 아빠와 좋은 추억도 많이 쌓았죠. 기억마저도 남겨두고 갈 수 없는 당신의 슬픔을 나는 감히 헤아릴 수 없습니다.

아직도 12월이면, 아빠가 돌아가시던 날 힘겹게 내뱉던 마지막 숨이 떠올라요. 아빠의 임종 이후 울다가 자고 일어나니 이 세상이 내가 사는 세상 같지 않았던, 그 미어지던 극한의 괴로움도 다 떠올라요. 그리고 아직도 눈물이 나요.

하지만 그렇다고 제가 크리스마스를 울면서 보내는 건 아니에요. 선물도 사고, 맛있는 요리도 하고, 케이크도 사고, 아이들과 트리 장식도 하죠. 송년회에 가서 오랜만에 보는 이들과 즐겁게 수다도 떨고, 새해 소원도 빕니다. 아빠를 잊을 수 있어서 그러는 건 아니에요. 슬픔은 인생에서 사라지지 않아요. 외면할 수도 없죠.

하지만 슬픔은 영원히 괴로워해야 할 낙인 같은 것은 아니에요. 당신 아이의 삶에는 기쁨도 정말 많을 거예요. 엄마가 없다고 즐거움을 누릴 자격이 없는 건 아니잖아요.

슬픔을 안고 산다고 인생에서 누릴 수 있는 기쁨이 사라지는 것은 아니에요. 당신을 기억하고 슬퍼하겠지만, 그것이 그 아이의 행복을 갉아먹진 않을 것이니, 먼 곳에서도 너무 걱정하지 않았으면 좋겠어요. 아이는 슬픔을 견디고 받아들이며 더 강해질 것입니다.

아이의 12월은, 크리스마스는 행복할 거예요. 나의 12월이 그렇듯이.

잿빛의 시간

1991년 1월 13일

그의 오른쪽 가슴에 손을 대면 계란보다 큰 덩어리가 만져진다.

어쩌다 이것이 이 지경으로 크도록 나는 남편에게 무관심했던

것일까.

나는 벌을 받아 마땅하다. 그러나 남편은 너무나 젊다. 아직

가버리기에는 너무나 젊은 것이다.

내 꿈은 사실과 반대로 나타난 적이 많으므로, 나는 꿈에서 남편이

죽는 꿈을 꾸고자 매일 밤 노력해보지만 그런 꿈은 꾸어지지 않는다.

티브이 화면에 보이는 한라산의 설경이 너무 멋지다. 묵직하게 쌓인

눈의 무게에 출렁이는 나뭇가지들, 눈꽃송이의 신비스런 모습들.

건강한 남편과 다시 저곳에 가보고 싶다.

1991년 1월 24일

아내는 어젯밤 내가 통증을 호소하다가 잠이 든 이후 부엌에 가서

한없이 눈물을 흘리며 기도했던 것 같다. 눈이 부었을 정도이니까.

아내야, 미안하다.

1991년 11월 17일

어제 아침에는 병실 침대에 누워 있으니 답답하다면서 바닥에
누웠으면 좋겠다고 하여, 집으로 가서 밑에 깔 것을 준비해왔다.
시멘트 바닥이므로 스티로폼 조각들과 그 위에 까는 매트. 그리고 요,
담요 등등. 좁은 방 바닥에 요를 깔아놓으니 얼마나 답답한지.
그러나 환자가 원하는 것이니 그렇게 하는 수밖에 도리가 없다.
오전에 그렇게 해서 눕혔는데 저녁때가 되니 다시 침대로
가야겠다고 한다.
나도 답답하던 참에 못 이기는 척하고 다시 침대로 환자를
옮겨주었다.
"당신이 화를 내지 않아서 고마워" 남편은 그렇게 얘기했다.
사실은 속으로 화가 났지만 참았죠. 어쨌든 당신은 나의
전부이니까요.

1991년 12월 4일

오늘도 화창한 날씨.

나는 감옥살이를 하고 있어. 내가 얼마나 지겨운지 알아? 나는 미칠
것 같아.
나는 남편에게 이렇게 외치고 싶다.
너무 피곤하고 기분조차 우울해져서 정말 병에라도 걸린 것처럼
헤어날 수 없는 구렁에 빠져 있는 듯한 걷잡을 수 없는 절망을
느낀다.

아빠가 앓았던 일 년 동안 내가 가장 두려웠던 것은, 엄마가 우리를 두고 떠나버리지 않을까 하는 것이었다. 뉴스나 드라마에 종종 나오던, 남편을 버리고 도망가는 아내에게는 이유가 있었다. 남편이 알코올중독이거나, 아내를 때리거나, 무능하거나, 그리고 아프거나. 앞의 세 가지는 그럴 수도 있지, 하고 수긍할 수 있겠지만, 아픈 남편을 떠나는 여자라면 모두가 비난할 것이다. 그러나 나는 이해할 수 있을 것 같았다. 엄마가 병든 아빠와 우리를 포함한 이 모든 것을 팽개치고 떠나버려도 미워할 수 없을 것 같았다. 그래서 정말로 그럴까 봐 무서웠다. 티브이로만 보던 질병과 죽음이라는 인간의 고통을 처음으로 목격하게 된, 열여섯 살 아이의 막연한 두려움이었다.

잘 기억은 나지 않지만, 엄마가 아빠와 우리들에게 울컥 화를 내거나 짜증을 참지 못하는 것을 볼 때 엄마가 떠날지도 모른다는 두려움을 갖게 되었던 것 같다. 병에 걸린 남편을 끝까지 말없이 사랑을 다해 돌보는 지고지순한 아내와 못 견디고 도망가는 아내. 드라마에서는 그런 두 가지 스테레오타입 외엔 본 적이 없으니, 엄마의 부정적인 감정 표현에 나는 좀 당황했던 것 같다. 만약 엄마의 인내가 한계에 도달하면 달아나버리지 않을까, 그런 생각을 했었다.

그러나 서른과 마흔 고개를 넘으면서 비로소 실감하게 된 것은, 사람의 마음에 뿌리박은 관계와 그것에서 우러난 책임감은 어릴 적 상상보다 훨씬 복잡하다는 것이었다. 화와 슬픔과 사랑과 기쁨은 모두 한 마음속에 동시에 존재할 수도 있다는

것. 우리들 대부분은 어떤 극단적이고 전형적인 성격과 인물이
아니라, 그 가운데 어드메쯤에 있다.

　잿빛. 여름에는 푸른 바다가, 겨울이면 한라산의 흰 눈이 눈
부시게 빛나는 제주도에 살았지만, 그 섬에서의 1991년은 잿빛
의 시간으로 기억한다. 엄마의 일과는 전과 비슷했지만, 조금씩
잿빛을 띠며 나빠져 갔다. 새벽에 일어나 등교하는 우리들에게
밥을 해 먹이고, 학교가 집에서 제일 멀었던 중학교 3학년 맏이
를 학교까지 운전을 해 태워다주고 서둘러 집으로 돌아온다. 둘
째와 셋째를 마저 학교에 보내면 그날의 간병이 시작되었다. 아
빠의 담즙배액관을 매일 드레싱하고 담즙 양을 측정하고, 조금
이라도 도움이 될 거라는 일념으로 각종 건강식품을 챙겨 먹이
는 건 그나마도 상태가 평온했던 초기에나 가능했다. 상태가 나
빠지면서 거동이 어려워진 아빠를 부축하는 일, 응급실로 달려
가는 일, 대소변을 처리하는 일, 욕창 드레싱을 하는 일…… 아
빠는 엄마가 다른 일로 집을 비우면 안절부절 못하고 화를 내는
어린아이 같은 모습을 종종 보였다. 질병으로 인한 불안감 때문
이라는 것을 머리로는 이해하면서도 엄마는 지쳐가는 몸과 마
음을 일기장에 드러낼 수밖에 없었다.

1991년 3월 25일

(간호해준다고) 생색이라니, 도대체 어떻게 하는 것이 생색을 내는

건가. 따지고 싶었으나 또 화를 돋우는 셈이 되므로 입을 다물고

\\\

말았다.

그 말이 하루 종일 내 마음에 남아 있다.

새벽에 일어나 하루 종일 녹즙이며 식사 준비. 식사 준비는 여섯 번을 하는 셈이다.

더욱이 남편의 밥상을 차려놓은 후에는 다른 식구들의 밥상을 차려야 하는데 무엇을 상에 올려놓아야 할지 생각이 안 날 정도다.

새벽에 도시락 싸며 녹즙 만들며 남편 밥상 차리느라 정신이 없다.

하루 종일 병든 남편 옆에 있는 나는 건강한 사람인가?

이맘때면 발생하기 마련인 사춘기 자녀와 부모 간의 갈등은 아빠가 아프다고 해서 빗겨가지도 않았다. 아니 오히려 더 심했다. 아빠는 자신의 사후에 아이들이 어떻게 살아갈지 걱정이 되었을 것이고, 그래서 이전부터도 걱정스럽던 아들이 공부를 소홀히 하는 것 같으면 더 마음을 졸였다.

아들을 보다 보면 왠지 불만스러운 얘기만 나온다. 언제쯤 철이 들지, 금방 눈물을 흘리며 반성하는 듯하지만, 다음날은 종전의 게으른 자세로 돌아가 버리는 것이다.

아무리 어리더라도 자리에 누워 있는 아빠의 얘기를 귀담아듣고 반성하며 실행하려 들지 않는 것을 볼 때 아득한 생각이 든다. 오늘도 마찬가지였다.

그러다 보니 내 마음의 안정은 다시 무너진다. 굳이 신경 쓰지 말라고 아내는 얘기하지만, 그처럼 태평하게 지낼 수 없지 않은가. 이러다

보면 아내와 다시금 눈을 흘기는 경우도 적지 않다.

엄마는, 얼마 남지 않은 시간 동안 아이들이 좋은 기억은커녕 상처만 받고 아빠와 헤어지게 될까 싶어 마음이 무너져내리고 있었다. 그리고 온 가족의 운명을 어깨에 짊어진 듯한 중압감으로 잿빛의 시간을 헤쳐나가고 있었다.

이미 자기로 인하여 집안의 분위기는 가라앉을 대로 가라앉았는데도 왜 그것을 느끼지 못할까. 아이들이 즐겁게 놀고 있으면 그것에도 심술이고, 컴퓨터를 만지고 있으면 그것에도 심술이다. 보다 못해서 내가 듣기 싫은 소릴 했다. 죽을 때가 되면 정을 떼느라고 그런다더니, 그런 증세가 아니냐고.

정말 이 사람은 나에게 두 가지 짐을 주고 있다는 사실을 모르고 있는 듯하다. 병으로 인한 짐과 자기의 가족에 대한 짐을. 이해를 하려고 하다가도 화가 나고 답답하여 어쩔 수 없이 싫은 얘기를 하게 되면 표정이 굳어지곤 한다.

진행암 환자가 항암 치료를 받지 않고 견딜 수 있는 시간은 대략 6개월에서 1년 전후이다. 요즘은 치료약제들이 많이 개발되면서 예전보다 더 오래 견딜 수 있다. 그러나 가끔은 환자들에게 잿빛의 시간만 더 늘려주는 것이 아닌가 의심이 들 때가 있다. 아픈 몸 때문에 어쩔 수 없이 마음이 아파지고, 아픈 마음은 사랑하는 이들을 전염시키고, 결국엔 모두가 더 상처받게 된다. 마지막까지 그 상처가 봉합되지 못하는 경우도 있다.

"그 사람 일을 왜 저에게 물어보시죠?"

환자가 참여할만한 신약 임상시험이 열려서 연락했는데, 어쩐 일인지 전화를 받지 않았다. 의무 기록에서 보호자의 전화번호를 찾아 연락을 해보니 들은 대답. 순간 싸했다. 아, 헤어졌구나. 어쩐지 요즘은 늘 같이 오던 아내 없이 혼자 진료를 보러 오시더라니.

"……그 사람 요즘 어떤가요? 많이 안 좋은가요?"

이내 조심스레 물어오는 걱정 어린 목소리에 고통이 묻어난다. 항암 치료를 받으면서도 교대근무를 해내던 건장한 40대의 남자는 무슨 이유에선지 아내와 헤어졌고, 임상시험은 결국 조건이 맞지 않아 참여하지 못했으며, 이내 종양에서 심한 출혈이 일어나 생을 마감하게 되었다. 통증이 심해서 마지막까지 고생도 많이 했다. 이별의 슬픔을 겪었는데, 편하게 보내드리지도 못해서 죄송함이 오래 남았던 분. 떠난 아내는 임종 시에도 병실에 나타나지 않았다.

잿빛의 시간을 온전히 지나오지 못했다고 그녀를 탓할 수만은 없다.

아픈 남편을 떠나는 아내는 제 할 일을 다 못했다고 비난받을 가능성이 높지만, 아픈 아내를 떠나는 남편은 '할 만큼 했다' 또는 '남자이니 어쩔 수 없지 않나'라는 식의 이해를 받는 경우가 더 많다. 떠나는 것이 오히려 정상이고, 아픈 아내를 돌보는 남편은 흔히 볼 수 없는 헌신을 하는 것으로 여겨진다. 나조차도 그런 남편들을 보면 자연스럽게 '환자가 그래도 남편 복이 있구나'라고 생각하게 된다. 그 반대의 경우는 너무 흔해서 아무 감흥이 없다. 중·노년 남자 암환자의 보호자이자 간병인은 당연히 아내이고, 그렇지 않으면 이상하고 불쌍한 환자 취급을 받는다.

우리나라의 여성암 환자의 이혼 비율이 남성암 환자에 비해 약 4배 정도 높다는 연구 결과는 이런 심각한 불균형을 드러낸다.[*] 이 통계를 처음 접했을 때 느낀 것은 배우자를 돌보지 않는 남자들에 대한 새삼스런 분노였다. 그러나 그 감정은 아픈 배우자를 돌보는 것은 당연하다는 인식에서 비롯된 것이 아닌가. 남편이 아내를 돌보는 것이 헌신인 만큼 아내가 남편을 돌보는 것도 헌신이다. 쉬운 일이 아니며, 그 한 사람에게 책임을 지우는 것이 과연 정당한가를 생각해봐야 한다. 돌봄을 당연한 의무인양 취급하는 것 자체가 억압일 수도 있겠다는 이면을 나 역시 통계에서 읽어내지 못했다.

---

[*] Song HY, Kwon JA, Choi JW et al. Gender differences in marital disruption among patients with cancer: results from the Korean National Health and Nutrition Examination Survey (KNHANES). Asian Pac J Cancer Prev 2014;15:6547-6552.

엄마가 두 분이 쓴 책을 모두 쓰레기통에 버린 이유는 잿빛의 시간을 덮어버리고 싶었기 때문이라고 생각한다. 아픈 남편과 싸운 얘기, 속상한 나머지 함부로 말했다가 후회한 얘기, 죄 없는 아이들에게 화낸 얘기, 병원과 의사를 욕하는 얘기로 점철되어 있는 감정의 쓰레기통을 열어젖힌 셈이 되었으니 말이다.

그러나 스스로 살아갈 수 없는 누군가를 돌보는 것은 결코 쉽지 않다. 환자이건, 장애인이건, 어린이나 노인이건, 누군가의 도움이 없으면 하루도 살아갈 수 없는 그들을 돌보지 않는 것을 우리는 비정하다고, 비도덕적이라고 말한다. 그러나 그 돌봄의 책임을 어느 누군가에게 의무인 양 전적으로 떠맡기는 것은 비도덕적이지 않은가. 돌봄을 받는 이와 돌보는 이들의 세계는 돌봄 없이 스스로 살아갈 수 있는 온전한 이들의 세계로부터 자연스레 격리된다. 경제적 가치를 만들어낼 수 없다. 흔히 말하는 효율과는 거리가 멀다 여겨지기 때문이다. 그래서인지 그들의 이야기는 좀처럼 잘 들리지 않는다. 한 의료사회학자가 자신의 투병 경험을 그린 책인《아픈 몸을 살다》에서 저자는 돌보는 이들이 겪는 소외에 대해 이야기한다.

(돌보는 사람은) 아픈 사람이 회복하는 모습을 지켜보며 기쁘겠지만 그렇다고 자신의 잃어버린 시간이 보상될 만큼 에너지를 얻을 수 있을까? 아팠던 사람은 병을 살아낸 경험에 관해 말할 수 있지만, 돌보는 사람이 살아낸 것을 표현하기는 더 어렵다. 돌봄 경험을 표현할 수 있는 말들이 우리 사회에는 별로 없고, 그래서 돌봄은

인정되지 못한 채로 남겨진다.[*]

돌봄은 사랑과 공감에서 우러나오지만, 그것만으로 이루어진 것이 아닌 삶의 과정이다. 잿빛의 시간을 지나온 사람들이 더 많이 이야기할 때 우리는 알게 될 것이다. 지침, 짜증, 분노, 우울 같은 부정적 감정이 솟아오르는 것은 돌봄의 과정에서 자연스러운 일이라는 것. 그런 감정을 가져도 돌봄 받는 이에게 죄를 짓는 것은 아니라는 것. 휴식을 취하고 스스로를 돌보아야 지속할 수 있는 일이라는 것. 결국 사회의 연대로서 풀어내야 할 문제라는 것을 조금씩 더 이해하게 될 것이다. 누구나 돌봄을 받는 상황에 놓일 수 있고, 누구나 돌봄을 책임져야 하는 사람이 될 수 있다. 그들의 시간이 잿빛이 아니려면, 건강할 때만큼은 아니어도 제 빛깔을 지니고 살 수 있으려면, 돌봄의 경험들이 더 많이 공유되고 인정받아야 한다.

참, 학업에 열중하지 않아 아빠와 긴장 관계였던 남동생은 현재 변호사로 일하고 있다. 아이가 자신의 길을 찾고 집중하게 되는 것은 다 때가 있는데, 아쉽게도 그때는 때가 아니었던 모양이다. 사실 너무 어리기도 했다.

* 아서 프랭크,《아픈 몸을 살다》, 메이 옮김, 봄날의 책, 2017, 169쪽.

◖

몸에 박힌, 몸이 아닌 것들

"이 지겨운 것······ 이 지겨운 것······."

아빠가 돌아가셨을 때 시신에서 담즙배액관(보통 PTBD, percu-
taneous transhepatic biliary drainage라고 부르는, 간내 담도의 담즙을 배출하기
위해 피부에 삽입한 플라스틱관)을 빼면서 엄마가 울먹이며 되뇌었던
말은 아직도 뇌리에 남아 있다. 병원에서 임종하는 경우에는 보
통 의료진이 제거하지만, 아빠는 임종 직전에 자택으로 옮겨와
집에서 숨을 거두었기 때문에 그 일을 한 것은 엄마였다.

엄마는 일 년 남짓 아빠의 오른쪽 옆구리에 박혀 있던 가느
다란 플라스틱 튜브를 당신의 손으로 잡아 뺐다.

엄마와 아빠의 일기에서 PTBD는 자식들 이야기보다 더 자
주 등장한다. 오늘은 담즙이 얼마나 나왔는지, 색깔은 어땠는
지, 삽입 부위가 얼마나 아팠는지. PTBD에 달려 있는 담즙 주
머니를 아빠가 실수로 밟아 그 일부가 몸 밖으로 빠져나온 날의
충격과 공포는 대단하다. 엄마가 외출한 동안 일어난 일이라,
아빠는 괜히 죄 없는 엄마를 탓하고는 이내 후회한다. 인근 병

원에 가서 관을 제거했다가 다시 삽입하는 시술을 받고 또 열이 나서 입원하게 되는 과정을 읽노라면 마음이 답답해지고 그저 속상할 뿐이다. PTBD는 암 덩어리에 막혀 고여 있던 몸 안의 쓸개즙을 빼내어 삶을 희미하게라도 이어가게 해준 생명줄인 동시에, 두 분 삶의 비극을 총체적으로 드러내는 상징이었다. 남편의 몸 안에 있던, 살아서는 볼 수 없었던 그 원망스런 관의 끝부분을 마지막으로 보았을 때 엄마가 느꼈던 것들을 나는 아직도 감히 헤아릴 수가 없다.

만약의 경우 남편에게 이런 일이 일어나면 나는 제일 먼저 옆구리의 카테터를 내 손으로 뽑아버리려고 생각했던 것을 실행에 옮겼다. "여보, 잘 가. 이 지겨운 것 내가 뽑아줄게. 내가 없애줄게. 당신을 지겹도록 괴롭혔던 이 줄을 뽑아줄 테니까 부디 잘 가." 나는 혼자서 이렇게 중얼거렸던 것 같다.

나는 한 달에 두세 명 이상의 환자에게 PTBD를 넣고 있다(시술은 영상의학과에서 하며, 종양내과의사는 이 시술을 해야 한다고 결정하고 요청하는 역할을 한다). PTBD 외에도 암환자의 몸에 삽입되거나 새로 달리는 장치들은 많다.

암 덩어리들은 몸 안에서 자연스레 흐르고 배출되어야 하는 담즙, 소변, 대변이 향하는 길목을 막고 서서 행패를 부린다. 다른 우회로라도 터주어야 몸의 기능이 유지될 수 있는 것이다. 담즙은 간에서 만들어져서 십이지장으로 배출되어야 정상인

데, 그것이 나가는 길이 막혀 간에 고이게 되면 황달이 생기고 담관염이 생겨서 자칫하면 패혈증으로 악화될 수 있다. 소변이 배출되지 못하면 콩팥이 부어서 옆구리가 아프고, 노폐물이 몸에 쌓여서 붓고 숨이 차며 의식이 흐려지기도 한다. 대변이 배출되지 못하면 창자가 팽창하며 복통이 생기고, 심하면 배 속에서 파열되어 복막염으로 갑자기 사망할 수도 있다. 이런 파국을 막기 위한 어쩔 수 없는 장치들이 담즙배액관, 소변 줄, 인공항문 등이다. 이러한 것들이 바깥으로 표가 나지 않도록 몸 안에 넣어 해결하려는 시도들은 지금도 계속되고 있고, 예전에 비해 바깥으로 나와 있는 부분 없이 체내 삽입형의 스텐트로 해결할 수 있는 경우가 느는 추세이긴 하다.

암의 합병증을 해결하기 위한 것 이외에도 치료를 위해 삽입되는 인공물들도 있다. 치료를 용이하게 하기 위한 케모포트, 히크만카테터 같은 중심정맥관들이다. 주사를 맞을 때마다 말초 혈관을 찾아 바늘로 살을 찔러야 하는 고통과 수고를 덜기 위해 만들어진 이 장치들은, 수일에 한 번씩 또는 며칠간 연달아 투여되는 항암제들이 순식간에 퍼져나갈 수 있게 몸속에 펴 놓은 고속도로와 비슷하다.

암 치료는 이렇듯 우리 몸에 많은 이물질을 집어넣어 생채기를 남긴다. 그러나 대부분의 암 치료는 최악을 피하기 위한 차악이다. 암으로 인한 합병증보다는 그 이물질을 품고 사는 삶이 덜 고통스럽고 좀 더 오래 산다. 그러나 환자들도 정말 그렇게 생각하는지 우리 의료진들은 묻지 않는다. 당장의 차악을 피하려다 이후의 최악을 만나 차악마저도 선택하지 못하는 경우를 너무 많이 봤기 때문이다. 그러나 그 몸에 달린 이물질들이 환자와 가족의 마음에 어떤 영향을 미치는지, 그것들을 품고 사는 삶에 대해 우리는 얼마나 알고 있는가?

환자들은 이물질이 박힌 자신의 몸을 꽁꽁 숨기고 살기 때문에, 암을 앓았거나 암환자를 돌본 경험이 없는 대부분의 사람들은 이런 장치를 달고 사는 사람들이 있다는 사실 자체를 잘 모른다. 우연히 알게 된 이들은 그 낯섦에 겁에 질린 표정을 짓는다.

몸 안에 이물질을 넣고 사는 삶은 당연히 불편하고 괴롭다. 그러나 넣지 않고 사는 삶이 더 괴롭기 때문에 넣은 이상, 그 고통은 감내해야 할 수밖에 없다고 의료진은 생각한다. 불편하다고, 신경 쓰인다고 외래에 올 때마다 이야기하는 분들이 많지만, 감염 따위의 합병증이 없는 것만 확인하고 안심시켜주는 몇 마디 말을 던지는 것이 사실 짧은 진료 동안 해줄 수 있는 전부이다.

이것을 안 넣을 수는 없는 걸까. 차악이 최악보다 정말 나은 걸까. 늘 생각하지만, 수없이 저울질을 하지만, 대개는 안 넣을 수가 없다. 때로는 냉혹한 과감함이 환자를 위해 필요할 때가 있는 법이다.

간 전이가 진행된 대장암 환자분이 황달이 생기면서 응급실로 내원했다. 두 달 전 항암제에 내성이 생기고 더 이상 암을 줄일 방도가 없어 말기 상태로 판정했던 분이다. 간 전이암이 진행하여 폐쇄성 황달이 진행하였고, 온몸이 누렇게 변했다. 내시경으로 담도 스텐트를 넣었지만 황달은 가라앉지 않았고, 결국 PTBD를 고려해야 하는 상황이었다.

폐쇄성 황달로 변한 몸은 노랗기보다는 까맣다. 황달의 황(黃)은 누를 황이나, 노란색보다는 좀 더 탁하고 어두우며 오히려 붉은색에 가깝다. 십이지장으로 빠져나가야 할 담즙이 혈액에 섞여 들어가면서 온몸의 피부와 점막을 물들이는 그 색깔은, 아마도 '죽음의 색'이라는 표현이 가장 적절할지도.

70대 초반이지만 아저씨라는 호칭이 더 어울렸던 건장한 촌부가 침상에 누워 있다. 시골 햇빛에 그을렸던 피부에는 그 죽음의 색이 드리워져 있다.

"배액관은 한번 넣으면 계속 갖고 계셔야 하는데…… 그냥 지내보시는 것도 방법입니다."

"그럼 뭘 더 안 해도 되는 거요? 황달이 다른 방법으로도 내릴 수 있는 건가?"

애써 희망을 찾으려는 목소리.

"황달을 내릴 다른 방도는 마땅히 없기는 합니다. 항암제로 암을 줄일 수 있다면 당장 황달부터 해결한 다음에 항암제를 쓰는데…… 환자분은 황달이 해결되어도 그 다음 대안이 마땅치 않아요. 황달만 내리자고 옆구리에 관을 넣기에는 너무 불편하실 것 같습니다. 어쩌면 합병증으로 담관염이 생길 수도 있는데 그땐 관을 넣으셔야 할 수도 있습니다."

PTBD를 넣어도, 안 넣어도 기대여명은 수개월이라, 배액관 없이 지내보면 어떨까, 하는 제안을 나는 이렇게 한다. 넣으라는 얘기인가 말라는 얘기인가. 내가 들어도 혼란스럽다. 그러나 배액관 삽입을 안 했을 때의 최악의 상황에 대해 말하지 않을 수도 없으니…… 그때 옆에 있던 전임의 선생님의 한마디.

"선생님 환자 전신 상태나 랩(lab, 혈액검사 결과)은 괜찮긴 합니다만, 어제 열이 한 번 나긴 했었습니다. 그리고 곧 주말이라……."

그렇다면 아무래도 불안하다. 담관염 초기일 수도 있는데, 주말 동안 악화하여 패혈증이 되기라도 한다면…… 그땐 PTBD를 할 수밖에 없는데, 그러느니 미리 하는 것이 나을 수 있다. 주말, 특히 야간에 영상의학과에 연락해서 PTBD를 해달라고 하면 연락이 빨리 안 될 수도 있고, 의사뿐만 아니라 영상기사, 간호사 들도 응급 출동을 해야 한다. 게다가 주중에 계획된 시술보다는 응급 시술의 위험이 높은 것은 어쩔 수 없는 일. 영상의학과에서 주중에 온 환자를 왜 미리 시술을 안 해놓았느냐고 당직 전공의를 타박이라도 하면 서로 몸과 마음만 상하고 지치게될 것이다. 안전한 불편과 불안한 편리 사이. 어차피 오게 될 최악을 막기 위한 차악과, 당장의 최악 사이. 아무래도 의사의 선택은 전자가 될 수밖에 없다.

궁극의 목표는 환자의 안녕이어야 하겠지만, 그것을 위해 무엇이 최선인지는 늘 고민스럽다. 사람들은 의사가 다 안다고 생각하지만, 의사도 종종 혼란에 빠지곤 한다. 아빠를 떠올리면서 가능한 권하고 싶지 않았던 마음은 결국 불확실함에 굴복하고 만다. 그는 아마도 남은 2-3개월의 시간을 PTBD와 함께하게 될 것이다. 아빠처럼.

《아픈 몸을 살다》에서 저자 아서 프랭크는 중심정맥관(체외로 일부 노출되어 있는 히크만카테터인 것으로 추측된다)이 자신의 삶에서 차지했던 의미에 대해 말한다.

> 내 몸에 연결된 정맥 라인에는 바늘이 붙어 있지 않았다.
> '중심정맥관'이라 불리는 영구 도관을 삽입하는 시술을 받았기
> 때문이다.
> (…)
> 도관은 내 몸의 일부가 됐지만, 내 몸은 더는 완전히 나만의 것이
> 아니었다. 중심정맥관은 내 몸에 붙어 있는 암을 상징해서, 몸 상태가
> 좋게 느껴질 때도 여전히 가슴에 달린 채로 암과 관련된 모든 것을
> 상기시켰다.
> (…)
> 중심정맥관은 의학이 내 몸 위에 꽂은 또 다른 깃발이었다.[*]

의학이 꽂은 깃발. 점령당한 몸. 몸에 박힌 도관은 적군이 아

---

[*]　아서 프랭크, 《아픈 몸을 살다》, 123쪽.

니라 지원군이 꽂은 깃발이긴 하지만, 온전한 몸이 아님을 늘 상기시켜주는 존재다. 질병을 극복하고자 내 안에 받아들인 이 물질이지만 늘 질병을 떠올리게 하는 역설적인 상황. 도관이 박힌 몸은 무균상태이어야 할 몸의 내부가 바깥과 연결되어(물론 바깥 공기에 그대로 노출되어 있지는 않다. 도관의 끝은 배액, 채혈 또는 약물 주입 시에만 무균적으로 취급하고 그 외에는 항상 닫힌 상태다), 의학적으로도 매우 감염에 취약한 상태일 뿐 아니라 정신적으로도 온전한 존재로서의 가치가 떨어진 듯한 자괴감에 휩싸이게 된다.

그러나 중심정맥관은 아서 프랭크에게 간병을 하던 아내와의 접점이 되기도 했다. 중심정맥관을 소독하고 세척하는 시간은 아내와의 신체적·정서적 접촉을 하는 일종의 의식이 되었고, 그것은 그가 질병이라는 낯선 존재와 마주하면서 겪는 새로운 경험이기도 했다.

신체를 돌보는 데는 정서적인 지원도 필요하며, 정서적인 지원에는 신체적인 연결이 필요하다. 우리 부부에게는 중심정맥관이 서로를 연결해주는 역할을 했다. 도관 관리는 매일 해야 한다. 도관이 나와 있는 부위를 소독하고 반창고를 붙여두어야 했으며, 한 차례의 화학요법 치료가 끝나고 다음 차례까지의 기간에는 도관을 식염수로 세척해야 했다. 캐시가 소독하고 세척하고 반창고를 붙이는 일을 맡았고, 이 일은 우리 관계에서 매일의 의례가 되었다. 아내와 나는 "우리가 함께 보내는 특별한 시간"이라고 농담했지만, 정신없는 삶

한가운데서 조용했던 그 시간은 농담이 아니라 정말로 선물과도 같았다.[*]

그 원망스러웠던 PTBD도, 역설적이지만 엄마와 아빠를 이어주는 매개체 중 하나가 아니었을까 생각해본다. 아빠가 열이 나서 괴로워하던 밤이 그렇게 많았는지를 나는 책을 읽으며 처음 알았다(PTBD는 담관염의 악화를 막기 위해 넣지만 그것 자체가 감염증을 일으키기도 하며, 특히 관이 담즙이나 혈액 찌꺼기로 막힐 때면 간헐적으로 배액이 안 되면서 발열을 일으키기도 한다). 그 수많은 밤을 간호하며 PTBD에 식염수를 넣어 세척하기를 반복하던 엄마, 그런 엄마에게 미안해하며 애달픈 사랑을 표현하는 아빠, 그런 아빠의 마음을 읽는, 그 시각에 세상모르고 자던 아이는 아득한 슬픔에 뒤늦은 눈물을 흘린다.

적지 않은 환자들에게 '그날'은 온다. 몸에 박혀 있는 관을 빼는 날. 아서 프랭크는 중심정맥관을 제거하던 날을 '내 몸이 다시 내 것이 되는 입회 의례'로 표현한다.

입회 의례에서 몸에 내는 흉터는 해당 구성원이 일정 수준의 경험을 통과했다는 사실을 표시하고 더 높은 지위를 가질 수 있는 자격을 부여한다. 중심정맥관 제거는 이런 입회식과도 같았다. 내 몸은

---

[*] 같은 책, 125~126쪽.

다시 내 것이 되었다. 삶이 다시 시작됐다. 물론 나는 삶이 멈춘 적이 없음을 알고 있었다. 바흐를 듣던 밤들, 샤갈의 그림 위에 비치던 오후 햇빛, (아내) 캐시와 함께한 희망과 공포의 순간들, 상실과 절망, 이 모든 것 또한 삶이었다. 삶은 암을 앓는 동안에도 결코 멈춘 적이 없다. 단지 더 강렬했을 뿐이다.[*]

관을 제거할 때 그가 아내와 껴안고 "기쁨과 안도가 뒤섞여서이기도 했지만 그저 진이 빠져서" 흘렸다는 눈물이 무엇인지 어렴풋이 알 수는 있을 것 같다.

전공의 때 골수이형성증후군[**]으로 조혈모세포이식을 받은 환자를 병실 주치의로서 담당한 적이 있었다. 수개월 후 완치 판정을 받고 히크만카테터를 빼러 온 그 분을 다시 만났다. 내가 보던 환자가 완치되어 관을 뺀다고 생각하니 왠지 뭉클했고, 이 식했을 때 큰 위기[***] 없이 무난하게 회복한 아주머니는 그저 기뻐

---

[*] 같은 책, 208쪽.

[**] 골수이형성증후군(myelodysplastic syndrome)은 혈액세포를 만드는 조혈모세포의 이상으로 인해 혈액세포의 수가 줄어들고 빈혈, 감염, 출혈 등의 증상이 발생하는 질병으로, 혈액암의 한 종류로 구분된다. 고위험군은 급성골수성백혈병으로 진행할 위험이 커서 조혈모세포이식을 고려하게 된다.

[***] 동종조혈모세포이식은 골수세포를 거의 비우는 강력한 항암화학요법 이후 공여자의 조혈모세포를 이식하는 방법이다. 우리 몸의 면역계가 한꺼번에 무너졌다가 새로 세워지는 대공사이기 때문에 각종 감염증에 노출되고 대부분 패혈증 등의 각종 감염 증상을 겪게 된다. 이 과정에서 치료로 인한 사망률은 최근 많이 낮아졌지만 여전히 약 10~20퍼센트 정도에 이른다.

하며 싱글거렸음에도 나는 돌아서서 울컥했다. 수술장에서 히
크만카테터를 넣고 올라오던 날, 항암 치료가 시작되던 날, 동
생분의 조혈모세포를 채취해 이식*하던 날, 백혈구수치가 0을
찍던 날, 머리털이 빠지고 입안이 헐고 열이 나던 괴로운 날에
도 아주머니는 더 위독한 환자를 보느라 바쁜 나를 배려해 하소
연 한 번 편하게 하지 않으셨다. 그런 무균 병동에서의 나날들
이 주마등처럼 스치고 지나갔다. 환자의 마음속엔 나보다 더 생
생한 기억들이 되살아났으리라.

　몸에 박힌 몸이 아닌 것들. 그것을 살아서 제거한 이들은 고
통과 위험을 온몸으로 받아들이며 통과했다는 표징을, 그것을
죽어서 제거한 아빠와 같은 이들에게는 이승에서의 고통에서
해방되어 영원한 안식에 들었다는 의미를 지닌다. 그것들은 패
배도, 추함이나 거추장스러움도 아닌, 인간이 마주한 표정 없는
운명이자, 그것에 맞서 견디는 인간의 숭고함을 드러내는 장치
와도 같다.

* 조혈모세포이식은 흔히 간이식, 신장이식 등 고형 장기이식과 같은 수술
　적 치료가 아니다. 흔히 언론에서 조혈모세포이식수술이라고 표현하는
　것을 종종 보는데 틀린 표현이다. 조혈모세포이식은 공여자의 골수 또는
　말초 혈액에서 뽑아낸 조혈모세포를 히크만카테터를 통해 수혈처럼 주
　입하는 방법이며 수술장이 아니라 무균 병동에서 이루어진다. 히크만카
　테터는 항암 치료뿐만 아니라 이식을 위해서도 꼭 필요한 장치이다.

◑

조언보다 관심을

1991년 3월 25일

밖에서 빗소리가 들려온다. 아침 운동을 가기가 싫다. 눈 충혈이

심하고 몸 상태가 썩 좋지가 않다.

오후에 학교에 갔다. 교수휴게실에서 A, B, C, D 교수 등과 담소하며

주로 암 치료에 관한 얘기를 했다. 이런 얘기는 이제 더 이상 듣기

싫지만 내 주위에서 화제가 될 수밖에 없음은 어쩔 수 없다.

지인이 암에 걸렸다는 이야기를 들었을 때 사람들은 보통 어떻게 할까? 건강에 좋다는, 암에 좋다는 것이 무엇인지 알아보고 정보를 전해주거나 그것을 사다주는 것이 일반적인 반응이다. 조금이라도 도움이 되기를 바라는 마음에서 우러난 행동이기에 거절을 하거나 난색을 표하기도 쉽지 않다.

그러나 그런 것들이 환자나 가족에게 정말 도움이 되는지에 대해서는 조금 더 생각을 해볼 필요가 있다.

일기 속의 아버지는 아픈 몸을 이끌고 3월 새 학기에 복귀하여 강의를 준비하는 중이다. 출근 전부터 강의 일정을 지킬 수

\\\

있을지, 동료 교수들과 학생들에게 폐가 되지 않을지 걱정이다. 몸도 마음도 위축되고 힘들지만 자신의 역할을 되찾고 싶어 무리해서 출근을 한 상황. 그런 아버지가 빨리 쾌차하였으면 하는 마음에서 이런저런 정보를 주고 싶어 동료 교수들은 암 치료법에 대한 이야기들을 나누신다. 그러나 아버지는 더 이상 듣기 싫다고 생각한다. 물론 어쩔 수 없다고 이해하기는 하지만. 나름의 배려에서 우러나온 조언들이 실제 어려움에 처한 이에게 도움이 되지 않는 경우는 생각보다 많다.

> **힘들어 하는 사람들 처지에서는 여기저기서 받은 조언이 쌓이게 되면, 그 수많은 조언을 관리하는 일조차 혼란스러워진다. (…) 아마도 그들은 이미 자신들의 문제를 어떻게 해결해야 할지, 매일 그리고 매시간 고민 중일 것이다.** *

아버지가 듣기 싫다고 한 것은 아마 그 이전에도 암 치료법에 대해 본인이 찾아본 것, 다른 이들에게 들은 것이 너무나 많아서일 것이다. 저 대화를 나누었던 날 이전에도 아버지는 야채즙, 효모, 정체 모를 중국약, 삼백초를 달여 먹고 이런저런 암과 관련된 책을 탐독하고 있었다(그것이 과연 바람직한 방법이었는지는 논외로 하겠다). 가장 걱정하고 두려워하며 적극적으로 질병과 관

---

* 켈시 크로·에밀리 맥도웰, 《제대로 위로하기》, 손영인 옮김, 오르마, 2018, 303쪽.

련된 정보를 탐색하는 사람은 환자 본인이다. 그럼에도 혹시 도움이 될까 싶어 한마디 보태고 싶어 하는 이들은 주변에 꼭 있다. 인터넷이 없던 시대에도 그랬으니 요즘은 오죽할까.

많은 환자들이 "지인들이 이것저것 권해주는 것이 너무 많아 혼란스럽다"고 호소한다. "주변에서 이런 건 먹으면 안 된다는 것이 너무 많아서 식사를 어떻게 해야 할지 모르겠다"고 말하는 분들도 많다. 고기도 안 되고, 밀가루 음식도 안 되고, 소화도 안 되는데 잡곡으로만 먹으라고 하니(원칙은 영양적으로 균형 잡히고 소화가 잘되는 식사다. 고기나 밀가루를 금하는 것은 근거가 없으며, 잡곡은 소화 기능이 떨어져 있을 땐 무리하게 권하지 않는다) 종종 식사 때문에 스트레스를 받아 신경이 날카로워지기 일쑤다. 잘못된 식습관으로 영양불균형이나 영양실조 상태가 되는 일도 드물지 않다. 환자에게 필요한 것은 무엇이 병에 좋다더라, 나쁘다더라 하는 잡다한(그리고 대부분 근거 없는) 지식이 아니다. 그런 것은 인터넷에 차고 넘쳐 오히려 문제이고, 환자를 더 혼란스럽고 불안하게 만들 수도 있다. '이걸 해야 해'보다는 '지금 잘 하고 있다'는 격려, '힘내요'라는 재촉보다는 '힘들지요'라는 인정이 환자의 마음에는 더 위안이 될 수 있다.

K씨는 안수기도에 대해 얘기하고 갔다. 환자의 마음가짐에 대해서도. '모든 것을 잊어버리고 무아지경으로 들어가서 병이 낫는다는 신념만을 강하게 가질 때 병은 낫는 것이다'라고. 하지만 그런 생각을 할 수가 없을 만큼 남편의 마음은 복잡하고

욕심이 많다.

K씨는 아버지의 학교 후배이자 다른 대학의 교수님이었다.
사모님도 엄마와 친하시고 힘든 시기에 가장 많은 도움을 주신
분들이다. 그러나 연구자가 안수기도의 초자연적인 힘을 믿는
다는 건 의아한 일이다. 그만큼 아버지를 생각하는 마음에 절박
한 마음으로 찾아보고 조언해주신 것이라 생각한다. 그러나 그
보다는 "복잡하고 욕심이 많"은 아버지의 마음을 살펴봐 주시
는 것이 더 좋았으리라. 동년배의 교육자이며 연구자이자 남편,
아버지로서 이해하고 공감할 수 있는 부분이 많았을 텐데……
그러나 실상은 가까이에서 자리를 지켜주신 것만 해도 감사한
일이다.

1991년 1월 16일
요즘 전화도, 방문해주는 사람도 점차 줄어 집에서만 틀어박혀
투병 생활을 하다 보니 점차 '잊혀지는 사람'으로 변하고 있음을
느끼던 참이라 윤 교수의 방문이나 어제 이 교수의 책 선물은 참으로
반가웠다.
사실은 '잊혀지는 사람'으로 되는 것이 투병에는 매우 도움이 될 수
있다. 신체적 제한을 많이 받는 투병 생활에 여유를 가질 수 있기
때문이다. 그러나 한편 소외된다는 기분은 비참한 느낌을 갖게
한다. 그렇다고 여기저기 일없이 전화를 건다는 것은 상대방을 더욱
난감하게 할 것이기에 그럴 수도 없다. 이 '잊혀져 가는 사람'으로

처지가 변해가는 것에 초연할 수 있도록 노력해야겠다. 그러려면 기도와 독서가 그 적응을 쉽게 하지 않을까 생각해본다.

잊히기를 두려워하지만 어차피 잊힐 수밖에 없으니, 기도와 독서로 외로움에 적응하자며 스스로 마음을 다독이는 아버지. 그럼에도 소외되는 느낌에 비참함을 토로한다. 그렇다고 먼저 전화를 거는 것은 상대방을 난감하게 할 것 같다고 생각한다. 대개는 상대방이 어떤 말을 해야 할지 몰라 우물쭈물할 것이므로 어색한 상황이 벌어질 것을 예감한 것이다. 앞서 인용한 책 《제대로 위로하기》에 의하면 '슬픔에 빠진 사람은 도와달라고 하는 것도 짐이 될까 싶어 피하게 된다'고 한다. 아버지가 원한 것은 그저 지인들과의 대화일 뿐이었지만, 환자와의 대화 자체가 그들에게 짐이 될 수 있다고 느껴 피하게 된 것이다.

> **가장 힘든 시기를 겪고 있을 때는 자신이 마치 남들의 사랑과 관심을 받을 자격이 전혀 없는데도 계속 받기만 해야 하는, 짐이 되어버린 것 같다고 느끼게 된다. 그래서 보통 때라면 편하게 다른 사람에게 도움을 요청했을 사람들조차도, 오히려 최악의 상황이 닥쳤을 때는 도움을 청하기보다는 조용히 고통을 감내하는 길을 선택하는 것이다.**[*]

---

[*] 같은 책, 84쪽.

그래서 힘들어하는 이에게 정말 필요한 것은 먼저 다가가려는 노력과 관심이다. 동료의 방문과 책 선물을 '참으로 반가웠다'고 표현한 것에서도 드러나듯, 작은 관심도 아픈 이에게는 정말 의외로 큰 힘이 된다. 어려운 일을 겪어본 이는 알 것이다. 누군가 스쳐가듯 던진 말과 행동에서 따뜻한 기운이 조금이라도 느껴지면, 그것을 자양분 삼아 며칠 더 견뎌낼 수 있을 것 같은 그런 마음 말이다.

"저…… 문 좀 열어주실 수 있나요?"

메르스 이후 병문안을 위한 병동 출입에 제한이 생기면서, 병동 입구에서 직원용 카드키로 슬라이딩도어를 열어달라고 요청하는 분들이 종종 있다. 지인이 아프면 너도나도 병문안을 하는 문화는 감염병 전파의 위험 요인으로 지목되어 한동안 뜸했었으나, 메르스 종식 이후 수년이 지나면서 다시 제자리로 돌아왔다. 하루 날 잡아 단체로 방문하여 환자에게 얼굴 한 번 비추고 할 일은 다했다며 안심하는 행위는 너무 구태의연하지 않은가.

방문객이 들고 있는 과일 주스나 건강 음료를 비롯한 구태의연한 선물 세트 또한 환자의 회복에 그리 도움이 되지는 않는다. 다 마시지 못해 병동 스테이션에 갖다주기 때문에 병동 냉장고는 늘 온갖 종류의 자양 강장 음료로 가득하다.

그보다는 환자의 감정이 어떤지, 필요한 것이 무엇인지를 묻는 문자메시지 한 통이면 족하지 않을까 싶다. 내가 주는 마음보다 그가 받는 마음을 더 중심에 놓는 것, 그것이 핵심이다. 긴 시간 동안 앓아야 하는 병이라면, 특히 진행암과 같이 치료를 계속해야 하고 언제 나빠질지 모르는 상태라면, 암 진단의 충격과 술렁임이 가라앉은 이후로도 꾸준히 관심을 보여주는 것이 중요하다.

내가 아버지의 동료라면 어떤 말을 해줄 수 있을까. 나 또한 지인들이 어려움에 처했을 때 어떻게 할 것인지를 생각해보게 된다.

"많이 힘드셨지요? 오랜만에 출근하니 어떤 기분이세요?

안 계신 동안 학교에선 이러이러한 일들이 있었답니다.

몸이 성치 않으실 텐데…… 수업 준비하시기가 쉽지 않으실 것 같아요. 혹시 도움이 필요하면 언제든지 말씀하세요. 절대 부담갖지 마시구요. 아셨지요?"

이 정도면 괜찮을 것이다. 어설픈 조언보다는 훨씬 나을 것이다.

◑

평화로운 마지막 3개월을 위하여

"앞으로 무슨 일이 일어나나요? 뭘 준비해야 해요?"

몇 달 남지 않았다는 말씀을 드리면 대개 받게 되는 질문이다. 어떻게 말해야 하나. 통증이 가장 흔한 증상이지만 다른 증상이 더 힘들 수도 있다. 대개 말기암*에서 공통적으로 발생하는 증상인 호흡곤란, 부종, 오심, 구토, 변비, 피로, 불면, 우울…… 이런 것을 다 일일이 열거하는 것이 과연 환자와 가족에게 도움이 될까. 대개 전이가 어떤 장기에 되어 있느냐에 따라 예상되는 증상이 다르기 때문에 이에 맞춰 설명하지만, 그것과는 전혀 다른 문제가 갑자기 발생하는 것도 흔해서 나중에 머쓱해지기도 한다. 어차피 어떤 문제가 생기더라도 환자와 가족 선에서 대처하기는 힘들다. 결국 닥치면 병원에 오는 수밖에 없다.

"점점 몸이 쇠약해지면서 새로운 문제가 발생합니다. 가족

---

* 말기암(terminal cancer)은 더 이상 항암제로 진행을 막을 수 없는 단계거나, 신체 기능이 쇠약하여 항암 치료를 받지 못하는 경우를 의미하며, 대개 6개월 이내에 암으로 인한 사망이 예측되는 경우를 말한다.

분 중 누군가가 계속 환자를 지켜보고 도울 준비가 되어 있어야
해요."

말기암은, 아니 모든 질병의 말기는 자율성의 박탈이라는
말로 요약할 수 있다. 스스로 움직이고, 대소변을 처리하고, 먹
고 자고, 깨어 있는 것이 어렵게 되고 늘 누군가의 도움을 필요
로 하게 되는 것이다. 이 기간이 길어질수록 환자의 인격과 존
엄을 지키기 어려워진다. 사실, 이것이 죽음에 임박한 인간에게
가장 중요하고도 어려운 문제라고 생각한다.

1991년 11월 14일

《객주》를 네 권째 읽었다.

책을 읽다가 누가 들어오면 얼른 숨긴다.

앓아누운 남편 옆에서 책을 읽고 있기에는 남 보기에 부끄러운 것
같아서이다.

며칠 전부터 남편은 침대 위에서 대변을 본다. 화장실에 가기가 힘이
든다는 것이다.

더구나 설사인지라 하루에도 몇 번씩 변을 받아내고 밑도 닦아주고,
이 일이 여간 곤혹스러운 것이 아니다.

도대체 나는 이 사람과 어떤 줄로 매어져 있나, 를 생각하게 된다.

1991년 11월 21일

그이가 조금 이상해졌다.

눈의 초점이 흐려지기 시작했었지만, 오늘은 아침에 약을 먹이려고

일으켜놓고 내가 잠깐 한눈을 파는 사이에 뒤로 쿵 자빠져 버려서

내가 얼마나 놀랐는지 모른다.

이제는 혼자 앉아 있을 수도 없단 말인가.

조금 전에 천장을 초점 없는 눈으로 쳐다보다가 혼자서 빙긋이

웃는다.

여보, 제발 그러지마. 제발.

그러려면 차라리 얼른 가버려. 당신 가야할 곳으로 가.

아버지의 일기는 1991년 9월, 즉 돌아가시기 3개월 이전부터 끊긴다. 인간이 태어나서 3개월, 즉 백일까지를 삶에 적응하는 시간이라고 한다면, 인간이 죽기 전 3개월은 죽음에 적응하는 시간이다. 암의 경우가 그렇고, 치매나 뇌졸중 같은 질환은 이 시간이 훨씬 더 길어지기도 한다. 살아도 산 것 같지 않고, 죽지도 않은 시간이…… 내가, 이제까지 살아온 나라는 인간이 아닌 시간이.

"내가 나 같지 않아요……."

환자가 나에게 한 말을 떠올린다. 말기암으로 연명의료*를 받지 않겠다는 서류를 작성했지만 가족들이 강력히 원해서 투

---

* 호흡, 심장박동, 배설 등의 기본적인 신체 기능을 유지하기 위한 치료로, 심폐소생술, 제세동, 인공호흡기, 투석 치료 등을 포함한다. 외상, 패혈증과 같은 생명을 위협하는 질병에서 생존하기 위해서는 필수적인 치료지만, 소생의 가능성이 없는 말기암 환자의 경우 이런 치료를 적용했을 때엔 임종 과정만 연장하는 결과를 낳는다.

석을 하게 된 분이었다. 의식이 들락날락하는 가운데 나와 둘이 있던 시간에 간신히 건넨 그 한마디는, 내가 무슨 짓을 하고 있는 것인지 되돌아보지 않을 수 없게 만들었다. 투석을 중단하자고 가족들을 다시 설득했지만, 그들은 환자가 '좋아지고 있다'라며 반대했다. 내가 보기엔 약간 의식이 드는 순간이 조금 더 늘어난 정도였지만 큰 의미는 없었다. 본인의 의지에 따라 투석을 중단하는 것이 법적으로는 옳았지만*, 가족들이 연명의료 중단 권고를 받아들이지 않으면 의료진으로서는 현실적으로 어쩔 도리가 없다. 결국 그가 임종하기까지 '내가 나 같지 않은' 시간은 일주일 정도 더 연장되었다.

죽음에 적응하는 마지막 석 달을 어떻게 보내야 할까. 한 인간으로서의 정체성과 자율성이 상실되어가는 이 시기는 어떤 의미를 지닐까. 아니, 의미를 부여하는 것 자체가 의미가 있는 것일까. 연명의료로 불필요하게 이 시간을 연장하는 것이 환자를 위한 것은 아니라는 데 이제는 대부분의 사람들이 동의한다. 위 환자의 가족같이 어떻게든 목숨이라도 붙어 있게 만드는 것에 의미를 두는 분들도 있지만, 이는 극단적인 경우다. '연명의료결정법'은 죽음에 이르는 시간을 인위적으로 연장하지 않기

* 2018년 2월부터 시행된 '호스피스 완화 의료 및 임종 과정에 있는 환자의 연명의료에 관한 법률'(이하 연명의료결정법)에 의하면 본인이 작성한 연명의료 계획서의 내용이 우선적으로 존중되어야 한다.

를 원하는 환자의 의지를 존중하고 법적으로 보호하기 위해 만들어졌다.

그렇다면 적응하는 시간을 거치지 않고 바로 죽음에 이르겠다는 의지도 존중받을 수 있을까? 소설《미 비포 유》의 주인공인 척수마비 환자 윌 트레이너는 간병인인 루이자 클라크와의 사랑으로 인해 그의 삶 전체가 좋은 방향으로 달라졌음에도 삶을 선택하지 않는다.

> 난 여기서 끝내야만 해요. 더는 휠체어도 싫고, 폐렴도 싫고, 타는 듯한 팔다리도 싫습니다. 통증이나 피로감도, 아침마다 빨리 죽었으면 좋겠다고 바라며 잠을 깨는 것도 이젠 싫어요. 우리가 돌아가면, 난 스위스로 갈 겁니다. 그리고 날 사랑한다면, 클라크, 당신 말처럼 날 정말 사랑한다면, 나와 함께 가준다면 나로서는 그보다 더 행복한 일이 없을 거예요.*

안락사나 의사조력자살(physician-assisted suicide)은 우리 사회에서는 아직 금기에 가까운 일이지만, 많은 이들이 동의하고 있고, 이러한 선택을 이해할 수 있다고 말하고 있다. 안락사 또는 의사조력자살은 아직 스위스, 벨기에, 네덜란드 및 미국의 일부 주에서만 법적으로 허용되고 있으며, 그 기준은 국가마다 다르지만 매우 엄격하다. 우선 환자 본인이 죽음 이외에도 삶의 고

---

* 조조 모예스,《미 비포 유》, 김선형 옮김, 살림, 2013, 474쪽.

통을 완화할 수 있는 방법이 있다는 것을 충분히 이해해야 하고, 일정 시간 이상 의사와의 상담과 정신과적 평가를 받아야 한다. 환자가 죽음을 원하는 이유가 신체적·정신적 고통으로 인한 일시적인 충동에서 비롯된 것이 아니라는 것, 지속적으로 죽음을 원한다는 것을 확인받아야 비로소 '합법적'으로 죽을 수 있다.

> **안락사를 선택할 여지를 마련했다고 해서 환자들의 삶을 개선하는 문제에 대해 눈을 돌려 버리게 된다면 사회 전체적으로 크나큰 해를 끼치게 될 것이다. '어시스티드 리빙(assisted living)'은 '어시스티드 데스'보다 훨씬 어려운 일이다. 그러나 그만큼 훨씬 더 큰 가능성을 갖고 있기도 하다.** [*]

연명의료법만 해도 많은 논란과 어려움이 있는 우리나라에서 안락사나 의사조력자살의 도입은 사실 시기상조다. 삶의 고통을 충분히 완화할 수 있는 사회가 아닌 곳에(아직도 많은 환자가 충분한 호스피스 돌봄[**]을 받지 못하고 있고, 무엇보다 치료비로 인한 금전적 문제로 고통받고 있다) 죽음이라는 선택지는 그리 쉽게 놓여서는 안

---

[*] assisted living·assisted death, 의사조력자살에 빗댄 용어로 쓰였다. 자살을 돕는 게 아니라 삶의 고통을 덜도록 돕는 것이 더 중요하다는 뜻이다. 아툴 가완디, 《어떻게 죽을 것인가》, 김희정 옮김, 부키, 2015, 374쪽.

[**] hospice care. 치유의 가능성이 없고, 말기 상태인 환자와 그 가족이 남겨진 시간을 충실히 보낼 수 있도록 배려하는 광범위한 치료.

된다. 그럼에도 불구하고, '이렇게 사느니 빨리 죽여달라'고 호소하는 환자들을 보면 이 시간이 과연 어떤 의미가 있는 것인지 의문이 들 때가 많다.

1991년 11월 25일

어제 A아주버님이 "선영이 진학하는 걸 보고 가야 할텐데"라고 하는 말을 선영이가 들어버렸다.

그래서 나에게 재촉하며 묻기에 나는 그만 시인을 해버렸다.

그래, 아빠는 언제 돌아가실지 몰라.

"그럼 한두 달 정도?"

그건 의사도 모르지 뭐. 그러나 한두 달은 여유로운 거란다, 선영아.

아빠는 정말 언제 눈을 감을지 모르는 운명에 있어.

우린 어떡할까?

1991년 12월 7일

현경이는 오랜만에 엄마 아빠를 만나자 어리광 비슷하게 머리가 아프다고 하소연을 하였다.

그러자 남편은 "아빠가 아파 누워 있는데 아픈 아빠 옆에서 머리가 아프다고 칭얼거린다"며 화를 내면서 야단을 쳤다.

오랜만에 만나는 자식들을 좀 따뜻한 말 한마디로 대해주면 분위기가 훨씬 부드러워지련만.

아픈 사람에게 그런 기대를 하는 게 아닌가?

오랜만에 아빠를 보러온 아이들은 그만 기가 죽어버렸다.

\\\

아빠가 오래 살지 못한다는 얘기를 들었을 때 나는 오히려 안도했던 기억이 난다. 이 고통의 시간이 결국 끝이 나긴 나는 거구나. 우리는 이 상황에서 풀려날 거야. 아빠가 없어도 엄마랑…… 우리들은 오손도손 힘을 합쳐 서로를 돌보며 살아갈 수 있을 거야. 생각보다 나쁘지 않을지도 몰라. 적어도…… 지금보다는 나을 거야.

아빠의 아픔, 엄마의 고단함보다 나에게 더 괴로움으로 다가왔던 것은 당시 국민학교 5학년에 불과했던 동생을 나무라는 아빠였다. 그는 그런 사람이 아니었다. 나는 그가 막내딸을 얼마나 귀여워하고 아꼈는지 알고 있었다. 얼마나 마음이 강하고 바른 사람인지 알고 있었다. 그런 사람이 자신의 고통을 어린 딸에게 투사하는 철없는 환자가 되었고, 우리가 마음을 기댈 수 없는 사람이 된 것이다. 그때 엄마와 나는 비슷한 생각을 하고 있었는지도 모른다. 빨리 가시라고. 예전의 사랑하는 아빠를 우리가 마음속에 간직할 수 있도록, 더 이상 이런 모습 보여주지 말고 가시라고.

이 고통의 시간은 어떤 의미를 가지는 것일까? 자유로운 인간의 상태에서 순식간에 죽음으로 건너뛰는 것이 최선일까? 나는 아직도 이 문제에 대한 명쾌한 해답을 가지고 있지 못하다. 죽음을 앞두고 입원한 환자가 통증으로 끙끙거리며 뒤척이는 나날들. 가래가 끓는 가쁜 숨소리. 환각으로 허우적거리는 공포의 밤을 지나 마침내 환자가 안식에 들면 나는 증상 조절을 좀 더 돕지 못했다는 안타까움과 함께 그를 애도하지만, 한편으로는 이제 끝났다는 후련한 감각이 마음속에서 대책 없이 번져나간다. 중학교 3학년 아이의 철없는 안도감 뒤의 소스라치는 죄책감은 아직도 종종 반복되곤 한다.

죽음을 향한 열차에 가속이 붙기 시작하는 마지막 3개월. 이 시기가 과연 필요한 것인가에 대한 답은 아직 잘 모르겠다. 다만 종종 죽음을 맞이하는 환자들을 만나면서 분명히 알게 되는 것들이 있다. 이 시기를 연장하는 불필요한 중재를 해서는 안 된다는 것, 다만 이 시기의 고통을 줄이기 위해서 의료인은 최선을 다해야 하고, 그것은 의학의 중요한 목표 중 하나라는 것.

적어도 통증은 의료진이 관심을 가지면 상당 부분 조절할 수 있다. 마약성진통제, 방사선치료, 신경 차단술, 수술, 스테로이드, 골흡수억제제, 각종 진통보조제…… 방법은 이미 다양하다. 의료진이 얼마나 통증에 관심을 가지고 적극적으로 조절하고자 하느냐에 따라 통증의 강도는 상당히 달라질 수 있다. 문제는 의사 일 인당, 간호사 일 인당 돌봐야 하는 환자가 너무 많으니 통증을 제대로 평가하고 조절하려는 노력 자체를 기울이기가 어렵다는 것이다. 통증은 아픈 부위, 강도, 양상, 시간에 따른 변화, 악화와 완화 요인들에 대한 자세한 문진이 필요한데 그렇게 정성 들여 면담하는 것은 외래에서는 거의 불가능하다. 통증이 극심해져서 입원한 이후라면 모를까.

통증을 조절하기 위해서는 의료진의 노력 외에 환자의 참여도 필요하다. 통증은 다른 징후와는 달라서 환자가 표현하지 않으면 알 수 없기 때문이다. 진통제에 중독될까 봐, 통증을 참지 못하면 암이 자랄까 봐, 의료진이 귀찮아할까 봐 통증을 이야기하지 않는 환자들을 독려해 환자들 스스로 통증을 평가하고 말하게 해야 한다. 그렇게 해도 조절이 잘 되지 않는 환자들도 많기는 하지만, '이것이 잘 안 되면 다른 방법이 있고 힘들지만 같이 노력해보자'고 말하는 의료진이 옆에 있다면 환자들은 조금이나마 안심할 수 있지 않을까.

환자의 감정 상태에 변화가 쉽게 올 수 있고 인격이 변한 듯 느껴질 수도 있지만, 그것은 환자가 신체적으로 많이 취약해져서 그런 것이라고 의료진이 미리 다독여준다면 가족들은 한결 견디기가 수월할 것이다. 실제 원시적 감정을 의식적으로 억누르고 조절하는 것은 신체적 에너지가 필요한 일이고 단순히 의지만으로 되는 것이 아니다. 신체의 질병으로 인해 이성적 기능도 마비되는 상태를 '섬망(delirium)'이라고 부르는데, 말기암 환자의 약 80퍼센트 이상은 섬망을 겪는다고 알려져 있다. 밤에 잠을 이루지 못한 채 팔을 휘젓고, 알 수 없는 말을 되뇌며 다른 이들이 보고 듣지 못하는 것들을 느끼게 되는 환각 증상이 생긴다. 아빠의 경우에는 간 전이로 인한 간성혼수가 나타난 것이긴 했지만, 간성혼수 역시 임종을 앞둔 소화기암 환자에게는 흔한 증상이고, 섬망과 구분이 잘 되지 않는 경우도 많다.

섬망은 증상이 심하지 않을 때부터 적극적으로 조절하면(불필요한 약을 줄이고, 섬망을 악화시킬 수 있는 변비나 배뇨 장애를 해결하며,

수면사이클을 유지하기 위해 진정제나 수면제를 사용한다) 연쇄적인 증상 악화를 막을 수 있다. 무엇보다 환자의 인격 자체가 변한 것이 아니라 신체의 질병으로 인한 증상이라는 것을 가족들에게 설명하고 다친 마음을 다독여주는 배려가 필요하다. 그러나 현실은…… 병원 다인실에서 섬망 환자가 발생하면 주변 환자들이 의료진에게 온갖 민원을 넣고, 섬망 환자를 일인실로 모시려는 설득은 경제적 이유로 실패하게 되고, 겨우겨우 잡아놓은 정맥 주사 라인을 환자가 뽑아버릴까 봐 침대 난간에 환자의 손을 묶어버리는 강박(restraint)의 수순을 밟는 식이다.

우리의 왜곡된 의료 현실(저수가에서 비롯된 만성적인 인력 부족)에서 죽어가는 이의 존엄은 이렇듯 지켜지기가 어렵다. 그래서 나는 종종 이 고통스러운 시기가 없는 게 나을 것 같다 자조하면서도, 한편으로는 그래선 안 된다는 생각을 더욱 굳히게 된다. 우리의 의료시스템은 많이 나아지기는 했지만, 아직 죽어가는 이들의 존엄을 지킬 수 있을 정도로 그들에게 관심을 가지고 자원을 투자하지는 못했기 때문이다.

아버지가 돌아가셨던 90년대와는 달리, 현재는 호스피스 완화 의료를 전문적으로 제공하는 여러 의료 기관들이 생겼다. 임종 환자의 고통을 돕는 의료서비스의 양적·질적 수준은 호스피스의 개념 자체도 없던 90년대에 비해 괄목할 만한 발전을 이루었다. 그러나 아직 대부분의 환자들은 호스피스를 죽으러 가는 곳으로 받아들이고, 끝까지 최선을 다해 포기하지 않기를 원하며, 죽음을 준비하는 것을 죽음을 재촉하는 것으로 오해하기도 한다. 그래도 너무 늦지 않게 준비하기만 한다면, 비교적 양질의 돌봄을 받는 것이 불가능하지는 않다.

암이 재발하고, 간 전이 병변에 고름이 차서 배액관 삽입을 권유했던 할머니가 있었다. 종양 부위에 생긴 감염이라, 시술해도 조절이 잘 될지, 환자의 고통이 나아질지 불투명한 상황이었다. 할머니는 더 이상 시술로 고통받고 싶지 않다며 호스피스를 택했다. 다소 이르다 싶어 만류하고 배액관 삽입을 강행할까 싶었지만, 약간의 갈등 끝에 환자가 원하는 대로 하기로 했다. 며칠 후, 호스피스 병원의 조용한 정원에 침대를 놓고 나뭇잎 사이로 불어오는 늦가을 바람을 쐬는 할머니의 사진을 받았다. 나보다 환자가 더 현명하다는 깨달음과 함께, 어쩌면 평화로운 죽음이 가능할지도 모르겠다는 희망을 보았다. 아니 죽음을 앞둔 평화로운 '삶'은 가능하지 않을까, 그렇게 믿고 싶다.

◑

우리는 타인의 슬픔을 이해할 수 있는가

사람의 죽음이란 것이 그렇게 순간적으로 올 수 있는지.

너무 허탈하고, 도저히 믿어지지 않아 가슴이 답답해져왔다.

아무도 함께할 수 없고 아무리 억울해도 받아들여야 하는 것이

죽음이라고는 하지만…….

그리고 그 이후의 일들은 잘 기억나지 않는다.

질병으로 인한 죽음은 대개 그렇다. 다가올 죽음을 받아들이고 준비하고 있다가, 그래도 조금 더 살 수 있지 않을까, 이대로 좀 더 지낼 수 있지 않을까, 하고 기대하는 순간에 갑자기 다가온다.

아빠가 앓아누우신 지 1년째였던 12월, 아빠의 상태는 약간 더 나아졌고, 나의 고입 연합고사 고득점(!) 소식에 전에 없이 기분이 고양되셨다. 어두웠던 집안에도 약간의 화색이 돌았다. 바야흐로 크리스마스가 다가오고 있었다.

여동생과 함께 한참 인기 있던 티브이 드라마 〈여명의 눈동자〉를 보던 저녁이었다. 낮에 학교에서 일탈을 저지른 터라 신이 난 상태였다. 중학교 3학년 마지막 기말고사는 어차피 졸업 등수에 별 영향을 미치지도 않으니, 졸업 전 공익(?)에 이바지한 다는 차원에서 반 전체 차원의 부정행위에 가담했던 것이다. 먼저 시험지를 푼 후 객관식 정답을 연필로 책상을 두드려 반 전체 아이들에게 알려주는 역할을 맡았다. 너무도 뻔한 술수에 선생님들은 어이없다는 표정을 짓기도 했지만 대개는 그냥 넘어가 주었다(어쨌든 올바르지 못한 행동이고 반성한다……). 공붓벌레이긴 해도 쿨한 녀석이라는 이미지를 남기고 졸업하고 싶었던 욕망은 집안의 비극에도 불구하고 모락모락 자라났던 모양이다. 그렇게 조금이나마 일상이 유지되는 것 같았다.

드라마를 보고 있는데, 갑자기 엄마와 함께 병실에 있던 남동생이 울며 전화를 걸어왔다. 아빠가 위독하니 지금 집으로 간다고(제주도에서는 집에서의 임종을 중요하게 여기고, 병원에서 돌아가시면 '객사'로 본다. 전공의 수련을 하던 2000년대에도 제주도에서 파견근무를 하노라면 임종 환자를 집으로 모시고 가는 일이 종종 있었는데, 요즘은 병원 장례식장 이용이 늘지 않았을까 싶다). 뒤이어 앰뷸런스가 집 앞에 도착했고, 아빠는 이미 의식을 잃은 상태로 안방에 옮겨졌다. 혼비백산이 되어 우는 엄마와 동생들, 소식을 듣고 달려온 친척들, 그리고…… 아빠는 초점 없는 눈으로 천장을 바라보며 숨을 꺽꺽거리다가 잠잠해지기를 반복했고, 옆에서 울면서 계속 불러도 대답하지 않았다. 아빠! 아빠! 아빠! 아빠! 아빠! 그것이 임종에 임박한 환자에게서 나타나는 '체인-스토크스 호흡(Cheyne-Stokes breathing)'이었음을 나중에 의과대학에서 배웠다. 호흡중추가 손상되면서 과호흡과 무호흡이 번갈아가며 나타나는 현상. 족보(대학에서 선배에게 물려받는 기출문제 리스트)를 외우면서 눈물이 났다. 문제를 출제한 교수들 중에서도 그걸 실제로 본 사람은 그리 많지 않을 것이다. 회진하다가 그 호흡을 보고 곧 돌아가실 것 같다고 가족들에게 설명하고 돌아선 사람들은 더러 있겠지만, 그 꺽꺽거리는 숨에 함께 가슴이 찢어지는 고통을 느끼다가 한동안 숨이 멈출 때면 이대로 계속 멈출까 봐, 아니 다시 꺽꺽거리며 괴로워할까 봐, 둘 다 두려워 어쩔 수 없는 마음에 또 울음이 터져 나오는 그런 경험을 한 사람은 별로 없을 것이다.

그 숨이 결국 멈추고, 일 년 동안 그를 괴롭혔던 담즙배액관을 몸에서 제거하고, 눈을 감기고 수의를 입히고, 본격적인 장례 준비가 시작되는 가운데 누군가 내일부터 조문객을 받아야 하니 잠을 좀 자두라고 했고, 나는 내 방으로 올라가 계속 오열하면서 한편으로는 온돌방 바닥의 온기가 이 슬픔에는 너무 뜨겁다고 느끼며 까무룩 잠이 들었다.

그리고 다음날 아침이 되자 이상한 기분이 들었다. 어제까지 일어났던 일은 다 거짓말 같은, 영화에서 막 빠져나온 것 같은 느낌.

"엄마…… 아빠 돌아가신 거 맞아?"

"……맞아. 어제 돌아가셨어."

"정말? 정말 돌아가신 거야? 이제 아빠 없어? 정말 없어?"

없어. 이제 정말 아빠는 없어. 울면서 되뇌며 다시 현실로 돌아오는 것은 고통스러웠다. 이 역시 극심한 트라우마 후의 비현실화(derealization) 반응이라는 것도 나중에 의과대학이 가르쳐주었다. "아빠가 돌아가셨을 리 없어!" 하며 울부짖는 것은 드라마에 나오는 장면이다. 실제로는 오늘이 아빠가 없는 세상의 1일이고 우리는 그 땅에 발 딛고 서 있다는 것을 서서히 확인하며, 한편으론 도대체 인간은 얼마나 오래 울 수 있는지 궁금해하게된다. 나는 아빠가 돌아가시면 우리가 일상으로 돌아갈 수 있을거라고 잠시나마 생각했던 것을 떠올렸다. 아니. 이건 또 전혀새로운 고통이야. 아픈 아빠여도 지금 그 자리에 이전처럼 누워있으면 얼마나 좋을까.

그 이후 진행된 장례, 영결식, 발인, 그리고 아빠의 관이 결국땅속으로 들어갈 때 마른 줄 알았던 눈물샘이 다시 터졌고, 슬픔이라고 표현하기에는 너무 아팠던…… 그런 순간들이 어렴풋이 생각난다. 너무 옛날이기도 하거니와, 나의 성장하던 뇌는너무 괴로운 기억은 살아가는 데 도움이 되지 않는다 여기고 성실히 지웠던 모양이다. 이제 대부분의 기억은 까마득한 어둠 너머에 가라앉았다. 강렬한 고통의 기억은 있어도 작고 섬세한 슬픔의 흔적들은 모두 쓸려 가버렸다.

슬픔은 그 한가운데에 있으면 들여다볼 수 없다. 약간의 거리를 두고 있을 때 비로소 그 결이 보인다. 몇 년 전 외할머니가 돌아가셨을 때가 그랬다. 아빠가 돌아가셨던 유년의 기억과는 다른, 약간의 거리로 인해 더 선명히 보였던 슬픔.

화장장에서 말 그대로 한 줌의 재가 된 외할머니를 모시고 장지로 향하는 길이었다. 고통받아온 병든 몸이 성스럽게 고이 모셔지는 광경은 낯설었다. 붓고, 멍들고, 고름과 냄새로 가득 찬, 사랑하고 사랑받았던 몸. 가장 고통스럽고 인간답지 않았던 순간을 거쳐 영정 속의 팽팽한 얼굴로 돌아오는 듯싶더니 순식간에 재가 되어버렸다.

그날 아침에 회진을 돌며 만났던 환자들을 생각했다. 일부는 수개월 내에 재가 될 운명이었다. 황달이 낀 노란 눈자위와 앙상한 팔다리를 생각했다. 그들은 이곳에 오기 전에 어떤 삶을 살았고, 어떤 꿈을 꾸었으며, 어떻게 사랑했을까. 아무리 흔들리는 촛불같이 위태로운 생명일지라도 재가 되는 모습은 그리기 쉽지 않다. 죽음이란 이 애물단지 같은 몸뚱이에서 벗어나는 고통의 끝이라고 생각했었다. 그러나 재가 된 할머니를 보니, 이젠 볼 수 없다는 아득한 슬픔이 죽음의 실체라는, 지극히 당연한 사실을 비로소 깨달았다.

수없이 보아온 죽음이지만 죽음은 다 다르고, 나에게는 일상이 죽음이지만 환자와 가족에게는 그렇지 않음을 늘 떠올려야 한다. 외할머니의 죽음이 내게 남긴 의미와 슬픔이 일상이 아닌 것처럼 말이다. 할머니의 부고를 전해 듣는 순간에 내 앞의 침상에 있었던 젊은 환자는 복막전이가 진행되어 끝내 항암 치료는 해보지도 못하고 세상을 떠났다. 할머니의 장지로 향하던 날 아침 회진에서 만났던 황달 낀 50대 여자 환자분은 그 뒤로 보지 못했다. 나뭇가지 같은 팔다리로 언제쯤 걸을 수 있겠냐고 물었던 그녀는 아마 더욱 바싹 마르고 복수와 흉수가 차오른 모습으로 생의 마지막 순간을 맞이했을 것이다. 그러나 그들은 모두 다른 사람이다. 저마다 다른 하나의 세계였다. 그걸 나는 알 수 없다는 사실을 인정해야 한다.

서로 다른 삶들이 병원에 오면 병록 번호, 병동 및 호실, 병명, DNR 여부 등에 의해 구분된다. 애써왔고 지켜왔고 즐겨온 삶과 단절되어 죽음을 향해 일렬로 행진한다. 그 낯섦에 대해 기록해두고 싶었다. 병원에서의 일상에서는 느끼지 못하는 죽음의 낯섦을 기억해두고 싶었다. 결국은 누구나 다 재가 되지만, 그 재도 서로 다 다른 곳에서 다른 형태를 이루고 있었던 것임을.

병원에서 일하면서 모든 죽음을 다 기억하고 의미를 되새길 수는 없다. 그렇다고 사람들이 흔히 생각하듯 무감각해지는 것은 아니다. 모든 죽음은 그 무게만큼 힘겹고 슬프며, 그것을 가장 가까이에서 겪어내는 병동 간호사들은 종종 극심한 소진에 빠진다. 의료인인 우리들은 죽음의 민낯을 가장 잘 아는 사람들이다. 드라마에 나오는 것처럼 떨리는 목소리로 유언을 남기고 마침내 고개를 떨구고 가족들이 오열하는, 그런 고요한 모습이 아니라는 것을 잘 안다. 초점 없는 눈빛. 백태가 낀 마른 구강점막, 그곳에서 새어 나오는 그르렁거리는 숨소리, 삶에서 멀어져 버린 오래된 냄새, 지쳐버린 가족의 눈빛.

이러한 모습에 익숙하다고 해서 우리가 죽음을 잘 이해한다고 말할 수 있을까. 우리는 죽음이 순간이 아니라 몇십 년의 세월을 살아왔던 한 인간의 마지막이라는 것을 이해하지 못할 것이다. 의료인인 우리가 보고 있는 것은 그 사람의 정체성이 대부분 사그라들어 말라버린 육신이다. 그러나 그것의 끝을 죽음 그 자체로 이해하려 해서는 안 된다.

나는 수많은 죽음을 겪어본 데다 아버지의 죽음까지 일찌감치 겪었기 때문에 그 어떤 죽음도 이해할 수 있다고 착각해왔다. 지금 이 글을 쓰기 직전의 순간까지도. 27년 만에 복기해본 아버지의 죽음은, 그 어떤 죽어가는 이의 고통도, 그를 알고 사랑해온 사람들의 슬픔도 내가 온전히 이해할 수는 없으리라는 것을 깨닫게 해주었다.

신형철 평론가가 《슬픔을 공부하는 슬픔》에서 말했다시피, "인간이 배울 만한 가장 소중"하면서도 "어려운 것은" "타인의 슬픔"일 것이다. 병원에서 슬픔을 공부할 기회는 언제나 있지만, 그것을 일상에서 건져 올리기는 쉽지 않다. 이것부터 시작하자. 죽음을 안다고 함부로 말하지 않는 것. 타인의 슬픔의 깊이는 내가 이해할 수 있는 언저리 너머 저 심연에 있음을 인정하는 것. 그리고 그것을 존중하는 것.

내일 외래진료실에서 만나야 할 환자 리스트가 컴퓨터 화면에서 깜빡인다. 3시간 동안 40명. 모든 이의 슬픔을 마주하고 최선을 다하기는 쉽지 않다. 그렇더라도 이들의 긴 치료의 여정 중에서 적어도 한 번 이상은 진심으로 그들의 슬픔을 공부할 기회가 있기를 기도한다.

☽

바람 저편에

오일장을 하고, 성당에 가서 고별식하고, 시골 고향 마을에서 노제,

대학에 가서 영결식, 그리고 가족 공동묘지로.

고향 마을도, 학교도 그이는 보았을까?

82년인가, 서울에서 내려오던 해에 친척들과 함께 가족

공동묘지에서 풀을 베면서 우리는 농담 삼아 어디쯤 묻힐까 했을 때,

그이가 저기쯤하고 묘지의 끄트머리를 가리키던 생각이 났다.

하지만 죽음에는 순서가 없다는 것을 그이도 나도 왜 몰랐을까.

우리가 의견이 서로 안 맞아 다투곤 했을 때마다 그이는 자기 뜻을

좇으라면서 부부는 일심동체임을 내세웠었고 나는 각심각체지

무슨, 하고 대들었었다.

그런데 지금에서야 비로소 우리는 한몸이었다는 것을 깨닫는다.

그이가 내세웠던 일심동체의 한쪽이 떨어져 나간 뒤에서야,

어리석게도 모든 게 다 끝난 후 크나큰 아픔을 통해서야 나는 새삼

그것을 깨달았다. 그의 사랑이 무엇인가를…….

아빠 장례를 치르고 나니 곧 크리스마스였다. 천주교에서는

경건하게 아기 예수님을 맞이할 수 있도록 성탄 미사를 드리기 전 모든 교우들이 그간의 죄를 고백하는 '판공성사'라는 단체 고해성사 주간이 있다. 장례를 치른 후 막바지 판공성사를 보러 고백실에 들어간 엄마는 한참을 있다가 눈이 벌게져서 나왔다. 늘 함께하고 일 년을 성실히 간병했으면서도 그 슬픔을 '죄'로 여기고 고백해야 한다는 것이, 그때는 이해가 되지 않았다.

지금 생각해보면 엄만 울며 얘기할 사람이 필요했고, 슬픔을 표현할 기회가 좀처럼 없어서 죄의 고백이라는 형태라도 빌려야 했을지도 모른다. 어쨌든 엄마에게 죄책감이 꾸준한 심적 고통이었던 것은 분명하다. "나는 죄 많은 여자다" "너희 아빠에게 죄를 많이 지었다"는 말을 종종 하셨으니 말이다.

그래서인지 엄마는 아빠의 죽음 이후 아빠가 입원했던 병원 근처에는 가지 않았다. 시내 중심가에서 가까운 골목인지라 지나칠 일이 있었는데, 그때마다 병원 건물이 보이지 않는 곳으로 빙 둘러서 다니셨다. 가까운 이의 죽음이라는 것은 그렇게 상처로 남아 지우고만 싶은 기억이 되는 것인가. 내가 처음으로 겪은 죽음이 그랬기에, 남편이 세상을 떠난 병원에서 자원봉사를 하는 보호자를 보았을 때 어리둥절했다. 물론 내 환자였던 남편 분은 나이가 충분히 많았고, 투병 기간도 그렇게 길지 않았다. 그러나 차이가 그것뿐일까?

《슬픔의 위안》에서 저자들은 "생명력을 고스란히 유지한 채 슬픔을 이겨내는 사람들"에 대해 이야기하는데, 그 자세가 내 환자의 보호자였던 노부인과 닮았다. 비행기 테러 사건으로 아들을 잃은 한 부부를 인터뷰하는 장면은 깊은 인상을 남긴다.

> 짧게 인사를 나눈 뒤 "앞에 있는 문에 왜 툰더가스라고 써 있죠?"라고 물자 수전이 대답했다. "아, 툰더가스는 아들 알렉산더의 시신이 발견된 로커비에 있는 농장 이름이에요. 우리 부부는 그 농장 주인 부부와 알고 지내게 되었어요. 훌륭한 분들이죠. Tundergarth는 '바람 저편에'라는 뜻이에요. 멋진 말 아니에요? 자, 들어오세요. 커피를 준비해뒀어요."
> 우리는 이때 수전과 피터의 솔직함을 처음 접했는데, 이것이 아들과 아들의 운명, 아들이 없는 삶을 이야기하는 그들의 일관된 태도임을 알았다.[*]

책에서는 "삶의 심술궂고 부당한 것들을 함께 받아들여 그대로 삶에 통합시키는" 능력을 "정직함"으로 정의한다. 위 문장은 아들을 잃은 이들이 보여주는 담담한 수용의 태도인 "정직함"이 생활 속에서 어떻게 드러나는지를 잘 보여준다. 그렇다면 우리 엄마는 정직하지 못했던 것일까? 그렇게 생각하지 않는다. 책의 다른 부분에도 나와 있지만, "죽은 이와 관련된 장소나 사물을 피하는 행위는 슬픔에서 회복되기 위한 일종의 휴

---

* 론 마라스코·브라이언 셔프, 《슬픔의 위안》, 김설인 옮김, 현암사, 2019(개정판), 84~85쪽.

식 과정일 수도 있다". 엄마에겐 휴식이 필요했을 따름이었다. 다만 나는 정면으로 슬픔을 대면하는 사람들의 힘을 보았고, 어떻게 그럴 수 있는지 아직도 궁금하다.

사별 이후에 가족들이 보이는 태도를 평가하거나 비교할 수는 없다. 개인의 역량 차이로 돌릴 일은 더 아니다. 그들에게는 각자 그럴 수밖에 없는 이유가 있다. 엄마는 조금 소심하긴 해도 유머러스하고 회복탄력성이 좋은 사람이다. 하지만 그 누구도 엄마에게 잘했다고, 최선을 다했다고, 고맙다고, 괜찮다고 하지 않았다. 아픈 남편을 돌보는 삶 그 자체를 걱정했고, 남편 없이 살아갈 날들을 걱정해주었지만, 엄마의 삶을 긍정하고 믿어주는 사람은 없었다. 나를 포함해서…… 엄마는 이에 죄책감과 회피라는 방어기제로 대응할 수밖에 없었던 것일지도 모른다.

그래도 엄마와 우리는 그럭저럭 잘 살았다. 슬펐지만 항상은 아니었고, 종종 우울하고 기운이 없기는 해도 참을 수 없는 웃음이 터져 나오는 날도 있는, 그런 일상으로 돌아왔다. 그 일상의 한 자락이, 어느 날 아빠 산소에 다녀오던 날 찍은 못난이 삼 남매의 사진에 담겨 있다. 셋 다 웃느라 눈은 찢어지고 입은 벌리고 있으며, 세 명 각자의 외모콤플렉스가 충실히도 드러나 있다. 나는 광대뼈와 여드름 가득한 피부, 남동생은 넓은 콧구멍과 통통한 배, 여동생은 두터운 입술. 그런데 엄마는 이 사진을 가장 좋아한다. 우리 형제는 각자 자신이 못생기게 나왔다며 이 굴욕 사진을 외면했다. 하지만 나도 아이들이 생기고 엄마의 눈으로 사진을 다시 보니 표정들이 정말 좋다. 아빠가 없어도, 아빠의 무덤에 다녀오는 길에도 이런 웃기는 표정을 지을 수 있다. 그만큼 일상은 힘이 세다. 슬픔을 묻어버리거나 딛고 올라서는 것이 아니라 그냥 품고 살게 한다. 그 일상의 힘이 우리를 구원한다.

아빠가 마지막 3개월을 보낸 병원은 당시엔 지방공사 제주의료원이었고, 90년대 말 제주대학교에 의대가 설치된 이후 2001년에 제주대학교병원으로 바뀌었다. 내가 다시 그 병원에 가게 된 것은 2002년 1월, 제주대학교병원으로 바뀐 지 두 달이 되었던 시기였고 아빠가 돌아가신 지 10년 된 해이기도 했다. 나는 의대를 졸업하고 모교 대학병원의 인턴으로서 제주대학교병원에 파견근무를 가게 되었다.

아빠가 계셨던 병원에 다시 간다는 생각을 할 여유도 없었다. 바로 이전 달, 12월에 내과 레지던트 시험에 합격한 설렘과 새로운 길을 간다는 두려움으로 가득 차 있었기 때문이다. 지방병원 근무는 서울만큼 빡빡하지는 않기 때문에, 레지던트 시작 전에 머리를 식힌다는 가벼운 마음으로 캐리어를 들고 공항에서 택시를 타고 병원으로 향했다.

병원에 들어서자마자 익숙한 풍경이 눈에 들어왔다. 건물 중앙에는 휠체어가 다닐 수 있도록 건물 전체에 걸쳐 계단 대신 경사로가 설치되어 있는데, 처음 이곳을 걸으며 예수님이 십자가를 메고 올라갔다는 골고다 언덕을 떠올렸던 것이 기억났다. 남향으로 창이 나 있지만 두껍고 촘촘한 시멘트 격자 창살이 있어 볕이 잘 안 들고 어두침침했다. 수많은 손길이 닿아 반질반질한 목재 난간과 흔한 무늬의 시멘트 바닥. 창살을 통해 비치는 차디찬 겨울 공기…… 익숙했다. 그리고 울면서 이곳을 걸어 올라 아빠가 계시던 병실로 향했던, 잿빛의 1991년 겨울이 떠올랐다.

십 년을 유지해온 일상의 힘은 순식간에 무너졌고, 나는 잠깐, 아주 잠깐 울었다.

그러고는 한 달 동안 그 경사로를 수없이 뛰어다녔다. 드레싱을 하고, 차트를 쓰고, 관장을 하고, 각종 카테터를 환자의 몸에 넣고, 심폐소생술을 하러 이 병동 저 병동으로.

이름과 위상이 한차례 바뀌었던 병원은 이제 그 용도가 바뀌었다. 제주대학교병원은 2009년 대학 본교에서 좀 더 가까운 아라동으로 이전했다. 우리 가족에게 슬픔의 무대였던 과거의 병원 건물은 한동안 쓸모를 찾지 못한 채 버려져 도심공동화의 상징이 되었다고 한다. 그러던 중 2017년 개축 공사를 거쳐 제주도에서 운영하는 전시 공간 및 예술인 레지던스로 변모하였다.

2018년 11월, 가족들과 제주도 여행을 갔다가 떠나기 전 공항 가는 길에 이곳을 둘러보았다. 병실이었던 공간은 서점, 교육실, 카페와 예술인 레지던스로 쓰이고 있었는데 마침 일요일이라 모두 문을 닫아 들어갈 수는 없었다. 나의 골고다 언덕, 건물 중앙의 경사로는 보존되어 있었다. 바닥은 새로 깔았지만 기나

길게 드리워진 어둠은 여전했다. 요즘 건물에서는 보기 힘든, 건물 전체에 걸쳐진 경사로를 딸아이가 신나하며 달려 올라간다.

"엄마, 계단이 아니어서 막 뛰어다닐 수 있어!"

나의 골고다 언덕은 아이나 노인, 장애인에게는 너그러운 길이었다. 아마도 공간을 많이 차지한다는 이유로 최신식 건물에서는 아예 사라졌거나 엘리베이터로 대체되었을 공간. 조선시대부터 제주목의 관청 중 일부인 '이아'로 불렸다는 이 터는 1910년 근대식 의료 기관 자혜의원이 처음 들어선 이후 병원이 이전한 2009년까지 약 100년간 지역민의 건강을 책임지는 공간으로 기능하였다고 한다. 그 시간 동안 나의 아버지와 우리 가족을 포함한 많은 이들의 슬픔이 켜켜이 쌓였을 것이고, 엄마같이 다시는 이곳에 오고 싶지 않은 이들도 있었을 것이다. 어쨌든 이 길이 묵묵히 버티며 역할을 해온 것은 분명하다. 비록 내겐 골고다 언덕이었을지라도.

병원은 환자와 가족의 기억이 얽히고 감정이 쌓이는 장소다. 진행암 환자에게는 마지막 기억의 장소가 되기도 한다. 대개 그 기억이란 신체적·정신적 고통에 대한 것이어서 다시 떠올리고 싶지 않은 경우가 많지만, 그래도 마지막 발자취다. 그가 어떻게 살아왔는가에 상관없이 그저 한 환자가 되어 맞이하는 마지막. 그럼에도 불구하고 끝까지 한 인간이고자 하는 몸부림. 그래서 병원은 사람들이 똑바로 바라보기 힘들어하는 슬픔의 응집체이기도 하다.

병원은 아무렇지 않다는 듯 그 자리에 있다. 어두운 경사로처럼 언제나 그 자리에서 새로운 슬픔을 받고 품는다.

가끔 임종한 환자의 가족이 찾아올 때가 있다. 병원 앞 빵집에서 파운드케이크 같은 것을 사 들고 외래진료가 끝날 때까지 기다렸다가 지친 나에게 편지와 선물을 주고 간다. 그럴 때 나는 이 일의 보람을 가장 크게 느끼지만, 그들에게는 내가 골고다 언덕이며 그늘진 경사로일 것이다. 병원에 와서 나를 만나는 것 자체가 슬픔을 직면하는 일일 것이다. 그것은 집 앞에 '바람 저편에'라는 팻말을 달고 아들을 기억하는 정직함과 닿아 있다.

《슬픔의 위안》에서는 아들을 잃은 부부가 '불쾌한 진실을 기피하지 않기 때문에 모든 기쁜 진실들도 온전히 받아들일 수 있'다고 한다. 슬픔을 기꺼이 받아들이는 태도는 "바다, 손자 손녀와의 여행, 부부가 함께하는 생활처럼 오늘 두 사람을 행복하게 해주는 좋은 진실들"을 누리고 즐길 수 있게 해준다고 한다. 내 환자들 가족의 삶도 그러했으면 좋겠다. 좋은 진실들이 삶에 충만했으면, 슬픔을 마주하는 위대한 용기가 그들의 삶을 풍요롭게 했으면 좋겠다.

그리고 나 역시 누구에게는 골고다 언덕일지라도 어떤 이들에겐 손쉽게 올라갈 수 있는 길이 되어주는, 쉽게 흔들리지 않고 슬픔을 받고 품으며 그 자리를 지키고 있는, '바람 저편에' 서 있는 사람이 되고 싶다.

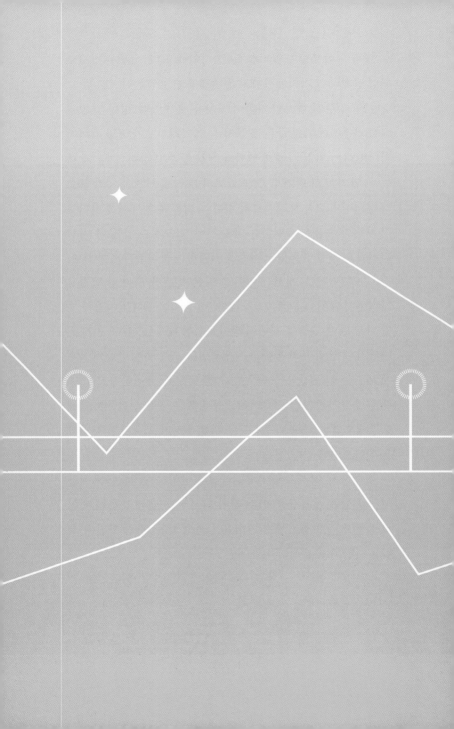

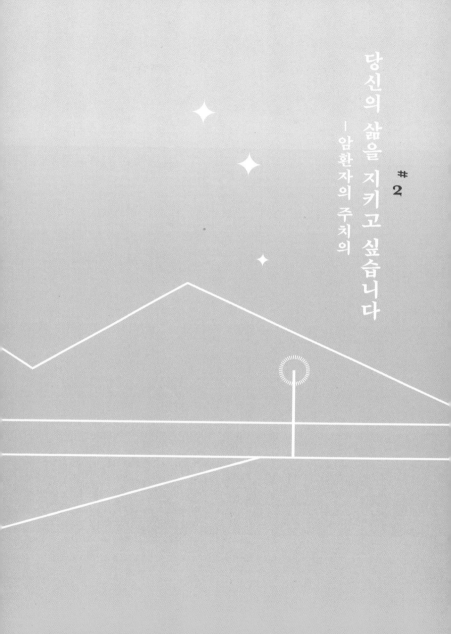

당신의 삶을 지키고 싶습니다

─암환자의 주치의

#2

◗

종양내과는 뭘 하는 곳인가요?

"그런데, OO 엄마는 무슨 일을 하세요? 혹시 선생님이세요? 분위기가 선생님 같은데……."

"아, 네…… 전 의사에요."

"아…… 어쨌든 선생님이네요! 무슨 과에요?"

"내과요."

"그럼, OO가 아파도 직접 다 보세요?"

"아뇨…… 애는 잘 볼 줄 몰라요…… 내과는 어른들을 주로 보거든요."

"그럼 남편분이 아프면 치료해주실 수 있겠네요."

"아…… 저는 주로 암환자를 봐서요. 가족들에겐 별 도움이 안 돼요……."

아이 친구 엄마와의 대화. 대개 이 이후로는 대화가 잘 진행되지 않는다. '암환자'라는 단어가 등장하면 말이다.

종양내과라니. 나도 의과대학에 들어오기 전에는 이런 과가 있는 줄도 몰랐다. 그런데 이름도 생소한 이 과가 대형 종합병원에서는 입원·외래 환자가 가장 많기로 손꼽힌다. 일단은 암 환자의 대형 병원 집중 현상이 그 원인이다. 그러나 무엇보다 예전에는 심장질환, 감염 등으로 사망하던 만성질환자들도 요즘은 수명이 길어져서 결국 상당수가 암으로 죽기 때문에, 누구나 생의 마지막에는 이름도 못 들어본 진료과인 종양내과의 고객이 될 가능성이 높아졌다. 게다가 항암 치료를 하려면 2~3주마다 병원에 와야 하기 때문에, 늘 환자들로 북적일 수밖에 없는 곳이다.

'종양내과는 뭘 하는 곳인가요?'라는 질문에 한 문장으로 답해야 한다면, 나는 '암을 지니고 살아가는 삶을 돕는 곳입니다'라고 말할 것이다. 어떤 이는 '항암제를 쓰는 과'라고 부를지도 모르겠다. '종양내과' 또는 '혈액종양내과'에서 주로 하는 일은 항암제를 처방하여 암을 치료하는 일이니까. 우리가 하는 일을 그렇게만 표현하니 아쉬운 기분이 든다. 그러나 항암제가 우리의 중요한 무기인 것은 사실이다.

처음으로 항암제를 써서 암을 치료하기 시작한 분야는 백혈병(쉽게 말해 백혈구에 생기는 암)이기 때문에, 혈액질환을 보는 의사들이 항암제를 먼저 쓰기 시작했다. 항암제는 백혈병부터 시작하여 림프종, 융모막세포암 등의 희귀 종양을 완치시킬 수 있는 대안으로 등장하였고, 점차 더 흔한 병, 즉 위암, 폐암, 유방암, 대장암 등으로 확대되면서 발전해왔다. 종양내과는 혈액암을 제외한 모든 암을 보는 과이고, 혈액내과는 혈액암 및 기타 비암성 혈액질환(빈혈, 혈소판감소증 등)을 보는 과다. 둘 다 주요 진료

분야는 암이기 때문에 관련성이 높아서, 혈액내과와 분리되지 않은 '혈액종양내과(hemato-oncology)'가 있는 병원이 있고, '혈액내과(hematology)'와 '종양내과(oncology)'가 분리된 병원도 있다(암 치료를 받으러 온 곳의 간판이 '혈액종양내과'라고 되어 있으니 혈액에 이상이 있는 거냐고 걱정스레 물어보시는 환자들도 있다).

종양내과학은 발전 속도가 매우 빠르다. 내가 의과대학생으로서 배우던 90년대 후반, 수련을 받던 2000년대, 전문의로서 진료를 하게 된 2010년대의 풍경이 판이하게 다르다. 세포독성 화학요법제가 주를 이루었던 90년대, 표적치료제가 등장하면서 '마법 탄환(magic bullet)'이라는 수사 아래 금방이라도 암이 정복될 듯 들뜬 분위기였던 2000년대. 2000년대 후반~2010년대 전반기에는 주춤했던 임상 개발이 면역항암제의 등장과 함께 최근 다시 불붙고 있다. 최근엔 면역항암제 개발의 일등공신인, '면역 관문 수용체'라는 표적을 발굴한 두 과학자가 2018년 노벨 생리의학상을 수상했다.

그러나 아무리 빠르게 변해도 변하지 않는 기본이라는 것도 있는데, 그것은 내가 종양내과라는 분야를 사랑하는 이유이기도 하다. 항암제에 대한 지식과 경험을 축적하고 새로운 항암제를 개발하는 데 기여하는 것은 종양내과의사의 중요한 역할이지만, 항암제는 어디까지나 수단이다. 그 항암제로 우리는 무엇을 하려 하는가.

영화 〈곡성〉에 나온 "뭣이 중헌디?"라는 질문에는 묵직한 울림이 있다. 어떤 일의 본질과 목적을 상기시키는 의미가 있기 때문이다. 암환자의 치료에서 '뭣이 중헌디'를 항상 잊지 않고 물으며 무엇이 최선인지를 결정하는 일이 종양내과의사의 일이며 변하지 않는 기본이라고 할 수 있다. 환자를 위한 '최선'에는 최신 항암제도 있지만, 한편 보다 적극적으로 수술이나 방사선치료를 추가하는 방법이 될 수도 있고, 반면 항암제를 쉬고 가족과 함께하는 시간을 갖도록 권유하는 것이 될 수도 있다. 즉 처방(precription)보다는 결정(decision)에 핵심이 있는 역할. 그 역할이 지닌 무게와 책임을 어려워하면서도 사랑할 수 있는 사람만이 이 일을 할 수 있다.

지금은 돌아가신 존경하는 은사님이 칠판에 분필로 쓰면서 새겨주신 항암 화학 치료의 원칙은 늘 마음속에 남아 있다.

· 환자의 상태를 먼저 고려하라. 환자의 상태를 고려하지 않은 치료는 독약이나 다름없다.
· 위험과 이득을 따져라. 이득이 클 때만 치료하라.
· 항암 화학 치료 자체에 집착하지 마라. 치료는 수단일 뿐 환자가 우선이다.

어찌 보면 당연한 원칙이나, 실제 진료 현장에서는 이만큼 지켜지기 어려운 것도 없다. 항암 치료가 뭐 좋은 것이라고 집착하느냐고 물을지도 모르겠지만, 그것은 또 한 분의 존경하는 은사님께서 최근에 출간하신 저서*에서 "의료 집착"이라고 표현하신 행태의 한 종류이다. 환자나 가족들이 임종 과정에서도 이를 받아들이지 못하고 심박동이나 호흡만을 유지시키는 연명치료에 집착하는 것을 의료 집착이라고 부른다면, 치료가 더 이상 삶의 질을 향상시키지 못하는 상황에서도 항암 치료를 진행하는 자체에만 집중하게 되는 현상을 나는 '항암 치료에 대한 집착'이라고 부르고 싶다.

아무리 치료법이 발전했다고는 하지만 상당수의 진행암 환자들은 치료의 부작용으로 고생을 하게 되고, 대부분의 환자들이 결국은 치료의 한계를 맞이하게 된다. 더 이상 종양이 약으로 조절되기 어려워 항암제를 중단하게 되는 시기가 오는 것이다. 이런 한계에 대해 늘 설명을 하고 치료를 시작하지만, 대부분의 환자들이 '나는 이겨낼 수 있을 것이다, 완치될 것이다'라고 믿는다. 어쩌면 쉽게 삶을 놓지 않으려는 인간의 본능적인 심리라고도 볼 수 있겠다.

그래서 더 이상의 치료가 효과가 없거나 위험하니 쉬거나 종료하자고 하는 의사의 말을 잘 받아들이지 못하고, 이 병원 저 병원을 전전하며 다른 의사의 의견을 물으러 다니거나, 때로는 큰 효과가 없어 보이는 항암 치료나 보완 대체 요법을 지속해가기도 한다.

* 허대석, 《우리의 죽음이 삶이 되려면》, 글항아리, 2018.

반면, 치료를 쉬거나 종료하는 적절한 시기에 대한 고민 없이 관성적으로 항암제를 처방하는 것은 '의사 측면의 치료 집착'이라 부를 만하다. 언제까지 치료할지, 치료의 목표를 무엇으로 삼을지 상의하는 것은 시간이 오래 걸리지만, 항암제를 처방하는 것은 순식간이다. 시간에 쫓기면 당장은 후자를 선택할 수밖에 없게 된다. 게다가 우리나라의 행위별 수가제 하에서 두 진료에 대한 보상은 동일하니, 치료 집착을 부를 수밖에 없는 환경이다. 치료 집착이라는 관성과 싸워 이겨내는 것은 늘 어렵다. 아이러니하게도, 항암제를 처방하는 것보다 처방하지 않는 것이 의사에겐 더 어려운 일이다.

항암제로 완치가 가능한 질병들이 있다. 수술 후 재발·전이를 막기 위한 보조 항암 요법을 하는 경우, 또는 항암제 반응이 매우 좋은 림프종이나 백혈병, 생식세포암 등은 항암제로도 상당수가 완치 가능하다. 그러나 흔한 암들이 재발·전이되어 항암 치료를 받는 경우에는 대부분 완치가 어렵다. 일단 완치가 불가능하다는 전제를 깔고 치료를 하는 것인데도 치료에 집착하게 되는 이유는 무엇일까. 그 배경에는 '혹시나' 하는 막연한 희망, 더 잃을 것이 없다는 생각, 기적을 바라는 마음이 있다. 실제 극히 일부의 재발 전이암 환자들은 항암제로 새로운 인생을 얻기도 한다. 의학적으로는 '완전관해(complete remission, 영상에서 더 이상 종양의 증거가 발견되지 않는 상태)'를 얻는 약 5퍼센트 미만의 환자들이다. 이들 중에서도 치료 효과가 지속적으로 유지되는 이들은 또한 일부이다. 요즘 면역항암제가 등장하면서 이렇게 지속적인 종양 조절이 가능한 증례들이 늘어나고 있지만, 아직은 일반적인 현상이라고 보기는 어렵다.

과외 교사로 시작해서 입시교육업체의 CEO로 성공한 손주은 씨의 강의를 영상으로 본 적이 있다. 2000년대 초반에 예비고3을 대상으로 한 강의에서 그는 고3 혁명(고3 때 엄청나게 공부를 해서 성적을 쭉쭉 올려 입시에 성공하는 것)은 애초에 불가능하다고 말한다. 공부를 잘하고 못하고는 유전자에 달렸으니 일찌감치 공부가 내 방향이 아니라고 생각하면 중단하라는 것이다. 그런데 자신이 80년대 후반 과외 교사로 처음 입문했을 때 만난 한 여학생은 고3 혁명을 이뤄냈다고 한다. 상상도 할 수 없는 엄청난 공부량을 소화해낸(매일 17시간 동안 수학 100문제 풀고, 영어 지문 100개 읽고, 영어 단어 100개 외우고……) 것이다. 매우 극소수에서만 가능하지만 바로 너희들이 그 혁명을 이루었으면 한다,라고 청중을 격려하며 강의를 마무리했다.

아주 작은 확률을 이야기하면서도, 한 사람의 간절함을 만나 그 희망이 그의 것이기를 바라게 되는 것, 그 희박한 희망을 바라보고 가겠다고 하면 도와줄 수밖에 없는 것, 비단 입시 강사뿐 아니라 항암 치료를 하는 종양내과의사의 마음도 비슷하다. "완치가 안 된다"라고 말하지만, 일단 치료를 시작하면 나도 완치를 바라게 된다. 고3 혁명이 성공할 가능성이 5퍼센트라고 하는데, 위에서 말한 완전관해의 확률도 그러하다. 고3 혁명은 노력을 하면 이뤄질 가능성도 있지만, 완전관해는 노력한다고 되는 것도 아니니 더 답답할 노릇이다.

그러나 교사와 의사는 길잡이로서의 책임이 있는 사람이라, 멀리 내다보고 현실적으로 생각해야 한다. 일찌감치 공부가 길이 아니면 다른 길을 찾도록 도와주는 것도 교사가 할 일인데, 의사 역시 그렇다. 치료가 잘 안 듣거나 부작용이 크다면, 가능성이 적은 희망에 매달리는 환자의 마음을 너무 늦기 전에 돌리는 것, 그 전에 항암 치료를 종료하고 삶을 정리할 시간을 갖도록 도와주는 것이 종양내과의사의 중요한 역할이다.

아버지는 항암 치료를 받지 않으셨다. 어머니와 아버지의 기록에도 항암 치료에 대한 이야기는 거의 없다. 다만 진단을 받은 후 9개월 차가 되어가던 즈음 점점 상태가 악화해 응급실을 들락날락하게 되는 상황이 되자 어머니는 "항암 치료나 방사선을 해볼 걸 그랬나, 내가 남편을 죽음으로 몰아넣고 있지는 않나"라며 걱정한다.

항암제가 잘 안 듣고 부작용이 심하다는 설명을 듣고 하지 않기로 결정했다고 들었다. 90년대 초반이니 그 결정이 이해되지 않는 것은 아니다. 담낭암에 쓸 수 있는 항암제가 몇 가지 되지 않을 때이다.

요즘 같으면, 아무리 담낭암이 진행이 되어 있어도 40대 남자가 항암 치료를 하지 않는다는 것은 상상하기 어렵다. 완전관해를 얻는 경우는 드물지만, 치료를 하지 않는 것보다는 항암 치료를 하는 편이 기대여명이 연장되고 삶의 질이 호전되는 데 도움이 된다고 밝혀졌기 때문이다. 하지만 그때만 해도 소화기 암에 쓰는 약은 몇 가지 없던 상황이었고, 무엇보다도 항구토제나 조혈촉진제같이 부작용을 효과적으로 다스릴 방법이 별로 없었다. 지금의 서울은 세계에서 임상시험을 가장 많이 하는 도시지만, 90년대 초에는 신약 임상시험이 거의 전무했기에 새로운 치료의 가능성을 찾아볼 여지도 많지 않았다.

지금은 예전보다 다양하고 독성도 덜한 항암제들이 개발되었고, 부작용을 조절할 수 있는 약제들도 많아져서 예전보다는 수월하게 치료를 받을 수 있게 되었다. 환자들이 임상시험에 참여해서 신약의 혜택을 볼 수 있는 기회도 늘어났다. 물론 항암치료는 아직 힘들고, 주사를 맞고 온 날은 기운 없이 누워 있어야 한다는 분들이 대부분이기는 하지만, 기운이 회복되는 나머지 시간에는 일하고 여행을 가는 분들도 있다. '남들은 환자인 줄 모른다'는 말도 할 정도다. 모두가 완치되는 것은 아니다. 그러나 결국 끝이 오더라도, 그 시간까지 암이 자신의 삶을 삼키는 것을 막아주는 것이 항암제의 역할이다.

정말 솔직히 나는 암이 '정복'될 대상이라고 생각하지는 않는다. '암은 유전자의 에러로 나타나는 불운의 산물'임을 수학적 모델로 보인 논문*도 최근 화제가 되었지만, 암은 노화처럼 삶의 부산물 또는 운명이 아닌가 싶을 때도 있다. 신기술로 금

---

* Tomasetti C, Vogelstein B. Variation in cancer risk among tissues can be explained by the number of stem cell divisions. Science 2015; 347 : 78-81.

방 암이 정복될 것처럼 이야기하는 것은 암 연구가 시작된 이래로 계속되는 클리셰다. 나 또한 학회에 참석할 때마다 솔깃하고 마음이 부풀어 오른다. 진료실로 돌아오면 지극히 차분해지며 냉소하게 되지만.

"낫기를 바라진 않지만, 십 년만 살았으면 좋겠어요" 같이 언뜻 소박하게 들리는 환자의 소망은 4기 진행암이라면 불가능에 가깝다. 질병 중 사망원인 1위라는 통계가 말해주듯 4기 진행암의 경우 암에 의해 삶이 잠식당하는 것을 대부분은 피할 수 없다. 종양내과의사는 암이라는 장막을 조금씩 걷어내며, 그 아래에서 약간이라도 숨 쉴 수 있는 공간을 마련하는 것을 업으로 삼는 사람들이다. 운이 좋으면 저 멀찍이 걷어내 버릴 수도 있고, 운이 나쁘면 거의 손을 대지 못할 수도 있다. 왜 이걸 없애버리지 못하느냐고 발을 동동 구르며 탓하는 말도 많이 듣지만, 한편 불치병에 맞서 싸워온 시간을 함께한 것에 감사해하며 숨을 거두는 이들을 보면 마음이 아픈 가운데 보람도 얻는 직업이다. 아버지의 죽음으로 인해 내가 이 일을 하게 되었다고 생각하지는 않는다. 그러나 아버지의 죽음이 내가 이 일을 하면서 '뭣이 중헌디'를 생각하게 해주었다고는 말할 수 있다.

환자들은 왜 대체 요법에 의지하는가?

대체 요법(alternative medicine)은 국가암정보센터 웹 사이트(www. cancer.go.kr)에 등록된 정의에 의하면 "기존의 의학적 치료를 대신하여 사용되는 방법"이다. 의학적 치료와 병행하여 사용되는 보완 요법(complementary medicine) 혹은 '보완 대체 요법(complementary and alternative medicine, 흔히 줄여 CAM)'으로도 종종 불린다. 특징은 대개 나와 같은 종양내과의사가 권유하지 않는다는 점이다. 임상시험을 통해 그 효과와 안전성이 검증되지 않았기 때문이다. 물론 보완 요법 중 요가, 명상과 같이 위험이 크지 않은 것들은 예외다. 대체 요법의 경우 가장 큰 문제는 상당수가 효과를 과장한다는 것, 비싼 돈을 받으며 환자의 경제적 고통을 증가시킨다는 것이다.

항암 치료를 받다가 언젠가부터 진료실에 나타나지 않는 환자 중 대개는 수개월 후 더 악화된 상태로 내원한다. '자연요법' 또는 '식이요법' '면역력 강화 치료'라는 것을 했는데 효과가 어떤지 보고 싶다며⋯⋯ 그리고 검사 결과를 확인한 뒤 실망한 눈빛으로 진료실을 떠난다. 대체 요법을 선택하는 더 흔한 경우는, 항암 치료가 효과가 없고 도움이 되지 않으니 호스피스 돌봄을 고려하자는 제안을 했을 때다. 이제 죽는 건가, 더 이상 희망이 없나, 하며 인터넷 포털사이트에 '말기암'이라는 키워드를 입력하면, 고주파 온열 암 치료, 고농도 비타민주사, 미슬토주사, 대학병원에서 포기한 환자도 치료 가능…… 차가버섯, 후코이단, 아베마르, AHCC, 키토산…… 지푸라기라도 붙잡고 싶은 마음은 클릭 하지 않을 도리가 없다.

굼벵이.

대체 요법이라고 하면 떠오르는 이미지다.

부엌 바닥을 꿈틀꿈틀 기어다니는 하얗고 윤기 나는 통통한 벌레들. 어머니가 아픈 아버지에게 달여주려고 시골 오일장에서 사온 굼벵이였다. 굼벵이를 담은 상자가 엎어지는 바람에 바닥에 펼쳐진 끔찍한 생물체들의 향연을 본 소녀는 역겨움과 슬픔에 몸서리쳤다. 아픈 아버지에 대한 안타까운 마음보다 그런 것을 사다 먹으며 병이 나을 거라고 믿는 부모에 대한 부끄러움이 더 큰 열다섯 살이었다.

굼벵이뿐만이 아니었다. 요료법. 자신의 아침 첫 소변을 받아 마시는 것이다. 소변으로 빠져나가버리는 것 중 몸에 좋은 물질들, 특히 항암 물질이 있을 거라는 믿음에서 시작된 방법이라고 한다. 그 외에도 90년대 초반에 유행하던 대체 요법인 스쿠알렌, 알콕시, 각종 녹즙, 삼백초…… 그리고 정체 모를 중국에서 온 약 등등. 무엇을 먹고 마셨는지 꼼꼼히 기록해둔 부모님의 일기장에는 없는 것이 없었다. 사실 어머니와 아버지의 투병 일기의 대부분은 이런 대체 요법에 대한 내용으로 채워져 있다.

아버지와 어머니가 이런 방법들로 전이된 암이 치료될 것이라 믿고 따른 것은 그분들이 교육 수준이 낮아서, 장사치들에 쉽게 속아 넘어가는 순진한 성격이어서, 병으로 인해 판단 능력이 흐려져서가 아니다. 아버지는 대학교수이자 경제학자였고 어머니는 전직 간호사였다. 정체 모를 식품들을 구해 오신 고마운 지인들 역시 훌륭한 인격과 높은 학식을 갖춘 분들이었다.

《대체 요법을 믿으시나요?》라는 책을 읽었다. 이 책은 미국의 소아과의사이자 백신 연구자인 저자가 미국 사회에서 대체 요법 산업이 성장해온 궤적을 추적한 역작이다. 대체 요법이 활발히 이용되고 있는 질병 중 대표적인 분야가 암과 자폐증이다. 저자가 대체 요법에 대한 방대한 자료를 조사하게 된 이유도 아마 본인이 백신 연구자이기 때문인 것 같다. 백신이 자폐증을 일으킨다는 근거 없는 불신이 대체 요법 성장의 발판이 되었기 때문이다. 자폐증 연구재단(Autism Science Foundation) 설립자이며 예일 대학교와 하버드 경영 대학원을 졸업한 앨리슨 싱어는 훌륭한 교육을 받은 부모들이 어떻게 이처럼 쉽게 속을 수 있는지 설명한다.

제 딸 조디가 자폐증 진단을 받았을 때, 저는 조디를 고치고 싶었습니다. 조디가 건강해지기만 한다면 무슨 짓이든 하고

싫었습니다……. 우리는 글루텐과 카세인을 함유하지 않은 식단을
시도했습니다. 디메틸글리신도 시도했지요……. 한번은 조디를
척추지압사에게 데리고 갔습니다. 그는 밤에 매트리스 밑에 커다란
전자석을 깔아놓으면 조디의 뇌 속 이온이 재배열되어 조디를
치료할 수 있다고 말하더군요. (…) 그 당시 저는 이미 멍청해진 지
오래였답니다. 그때 남편이 저를 가만히 바라보며 말하더군요.
'당신 자신의 목소리에 귀를 기울여 봐. 당신이 뭐라고 말하는지
들려?' 바로 그때 제가 얼마나 멀리 왔는지 깨달았습니다. 그건 제가
아둔해서가 아니라 제 슬픔이 그만큼 컸기 때문이었어요. 마음속에
슬픔이 가득한 상태에서는 이성적으로 생각할 수가 없었습니다.[*]

　이성은 생각하기 싫은 것을 생각하게 만든다. 자폐아의 부
모가 이성적으로 생각한다는 것은 장애를 안고 살아가는 아이
의 삶, 그리고 그를 평생 보살피며 사는 자신의 삶을 받아들인
다는 것이다. 진행암 환자와 그 가족이 이성적으로 생각한다는
것은 수개월 또는 수년 안에 죽음이 찾아온다는 것을 받아들인
다는 것. 대체 요법에 집착하는 것은 이성적으로 생각했을 때
따라올 수밖에 없는 절망에서 벗어나기 위한 몸부림이 아닐까.
매트리스 밑에 전자석을 깔면, 굼벵이를 달여 마시면, 자신의
소변을 받아 마시면 혹시 병이 나아질지도 모른다는 희망 자체
가 말도 안 되는 것이지만, 어쩌면 말이 안 된다는 것 자체가 이

* 폴 A. 오핏, 《대체의학을 믿으시나요?》, 서민아 옮김, 필로소픽, 2017, 149쪽.

성적인 사고에서 벗어나게 해주는 마약과도 같은 힘을 지닌 것일지도. 십여 년을 종양내과 전문의로 살아오며 대체 요법에 의지하는 수많은 환자를 보아왔다. 대체 요법에 대해 의사에게 물어보는 분들은 그나마 의사를 신뢰하는 것이다. 달리 좋은 대답을 듣지 못하리라는 것을 알면서도 물어보니까. 환자들은 의사에게 털어놓는 것보다 훨씬 더 많이 대체 요법을 이용하고 있다. 우리나라 암환자들의 약 25퍼센트가 진단 이후 한 번 이상 대체 요법을 이용한 적이 있고, 말기암 상태가 되면 그 비율은 약 37퍼센트로 증가한다고 한다.[*][**] 내가 체감하는 비율은 90퍼센트에 가깝다. 대부분의 환자가 대체 요법에 대해 최소 한 번은 문의하고, 실제 이용으로 이어진다. 대단히 큰 시장이라는 반증으로 볼 수 있다.

어머니와 아버지의 병상 기록에 있는 대체 요법들을 아버지의 담당 의사가 알았더라면 정말 황당해했을 것이다. 만약 황달이 있어 간 기능이 떨어진 내 환자가 그 많은 정체불명의 약들을 먹어왔다는 것을 뒤늦게 알게 된다면…… 깜짝 놀라며 환자를 혼내거나, 속으로 무식하다며 한심하게 여겼을 게 분명하다.

[*] Kim SY, Kim KS, Park JH et al. Factors associated with discontinuation of complementary and alternative medicine among Korean cancer patients. Asian Pac J Cancer Prev 2013; 14: 225-230.

[**] Choi JY, Chang YJ, Hong YS et al. Complementary and alternative medicine use among cancer patients at the end of life: Korean national study. Asian Pac J Cancer Prev 2012; 13: 1419-1424.

그러나 바로 내 아버지가, 그런 환자였던 것이다.

대체 요법도 유행이 있다. 요즘은 굼벵이나 요료법을 하는 사람은 거의 없다. 개똥쑥이 한동안 대유행이었고 글라비올라, 와송, 상황버섯, 차가버섯, 야채 스프는 몇 년 주기로 번갈아 유행한다. 대개 케이블티브이나 신문, 인터넷 포털, 블로그 광고의 빈도에 따라 유행이 바뀌는 듯하다. 상당수의 요양병원과 종합병원에서도 하고 있는 겨우살이 추출물 주사, 태반주사, 자닥신, 온열치료 등은 너무나도 만연한 나머지 환자들이 표준 치료 중 하나로 받아들이고 있을 정도. 내게 왜 이 병원에서는 온열치료를 안 해주느냐고 따지는 분들도 간혹 있다. 항암 효과에 대한 근거가 불충분하다고 하면 대형 병원의 오만이나 기득권의 횡포인 양 이야기하는 분들도 있다. "대체 요법이 오히려 해로울 수 있고, 치료에 도움이 되지 않는다"고 경고했을 때 속으로 타성에 젖은 제도권 의사의 자만으로 여긴 환자들도 분명 있을 것이다.

그러나 《대체의학을 믿으시나요?》에서는 그러한 음모론 자체가 대체 요법으로 돈을 벌어들이는 자들이 기생하는 토양임을 드러낸다.

대체의학의 또 하나의 유혹은 개인에게 초점을 맞춘다는 점이다. 현대 의학을 공부한 의사들은 냉담하고 무심해 보일 수 있다. 그러다 보니 환자들은 자기가 한 사람의 개인이기보다 숫자처럼 느껴지기

십상이다. 바로 이 틈새를 대체의학 치료사들이 파고들어 온 것이다. "의사들은 시스템 안에서 꼼짝을 못합니다. 탐욕스럽게 영리를 추구하는 시스템 안에서 말이지요." 라면서.*

솔직히 그런 환자들을 쉽게 이해할 수는 없었다. 병원에 대한 불신, 특히 컨베이어처럼 돌아가는 대형 병원의 바쁜 현실, 부족한 설명, 병에 대한 불안 때문에 그들이 잘못된 선택을 하고 있다고 생각했다. 과학적 사고의 결여와 무지가 그러한 사고에 한몫하고 있다고 생각했다. 그러나 자폐아 부모의 이야기, 그리고 부모님의 일기를 읽었을 때 그러한 이해할 수 없는 행동을 설명할 수 있는 하나의 단서를 얻었다.

슬픔.

형언할 수 없는 슬픔이 이성적인 사고를 마비시킨다. 빛나던 지성도 슬픔 앞에서는 무릎을 꿇게 된다. 그 틈새로 흘러들어 채워지는 것은 신비, 천연, 초자연 따위에 대한 기대와 환상. 슬픔을 잊게 해주는 맹목적 믿음. 그 믿음을 미끼로 경제적 이익을 취하는 장사꾼들은 동서양을 막론하고 진정한 인술을 펼치는 재야의 실력자인 양 환자들을 현혹하고 있다.

환자의 이해할 수 없는 선택 뒤에는 슬픔이 있다. 의료인들에게는 그들이 슬픔을 표현하고 받아들이되 현실을 직면할 수 있도록 해주어야 하는 의무가 있다. 그들이 한심하게 여겨지거

* 같은 책, 51쪽.

나 짜증이 날 때면, 부엌 바닥을 기어다니는 굼벵이들을 떨리는 손으로 주워 담던 어머니를 기억하려 한다. 하얀 굼벵이만큼이나 무겁고 굵은 눈물을 속으로 흘려야 했던 어머니의 마음을 말이다.

◗

휴대 전화 번호를 주실 수 있나요?

환자나 가족들이 휴대 전화 번호를 가르쳐 달라고 하는 경우가 간혹 있다. 보통은 외래진료실 접수창구나 병동 또는 상담실의 전화번호를 제공하기는 하는데, 그것으로는 담당 의사와 직접 연락할 수 없으니 휴대 전화 번호를 원하는 것이다. 휴대 전화 번호를 주고받는 것이 일상이 된 사회 분위기 때문에 자연스러운 요구로 생각하는 것 같다.

동네 상점 주인도, 가전제품 수리 기사도, 학원 및 과외 선생님도, 심지어 학교의 담임선생님도 휴대 전화 번호를 주는데 의사라고 못 줄 것이 어디 있겠나. 그러나 거꾸로 생각해본다면, 사회 전체가 너무 무차별적으로 휴대 전화 번호를 공개해야 하는 압력을(특히 서비스직에게) 가하는 것은 아닐까. 최근엔 학교 및 어린이집 교사가 학부모에게 휴대 전화 번호를 제공하는 데서 상당한 스트레스를 받고 있다는 내용이 몇 차례 언론에 보도되기도 했다. 휴일, 야간에 갑자기 학부모로부터 전화 또는 문자를 받게 되기도 하고, 카카오톡 아이디가 노출되면서 사생활이 침해당하는 괴로움도 피할 수가 없다는 것이다.

병원에서는 어떨까? 환자에게 개인 전화번호를 주는 것은 의사와 간호사 사회에서는 금기에 가깝다. 환자와 개인적인 관계를 맺어서는 안 된다는 직업윤리 때문이기도 하지만, 스스로를 지키기 위한 방어적 의미가 더 크다. 의사들은 이미 병원 이곳저곳에서 걸려오는 콜에 지쳐 있기 때문에, 환자들이 어느 때고 마음대로 전화를 걸어 자신의 증상에 대해 문의를 한다면 개인의 시간을 확보하는 것이 불가능할지도 모른다. 불필요한 책임을 져야 할지도 모른다는 두려움도 있다. 자칫 제때 전화를 받지 못해서 환자에게 문제가 생긴다면? 전화로 파악하여 내린 진단이 잘못된 것이라면? 상당수의 경우 환자의 증상은 말로만 들어서는 경중을 판단하기 어렵다. 환자를 보아야 파악이 되겠다는 생각이 들면 결국 '병원으로 오시라'고 말할 수밖에 없으니 전화번호를 주어봐야 실질적으로는 도움이 되지는 않을 것이라는 생각도 든다. 파생 가능한 이 모든 문제들이 휴대 전화 번호를 줄 수 있겠느냐는 환자의 요청을 단호히 거절하게 만든다.

그러나 환자의 입장에서 생각해보면, 전화번호를 아는 것 자체가 많은 위안이 될 수는 있을 것이다. 일단은 불안을 덜 수 있을 것이며, 환자를 계속 봐온 의사가 연락을 받는다면 그 환자에게 가장 발생 가능성이 높은 문제와 그 특성에 대해 훨씬 빨리 예상하고 조언을 할 수도 있다. 담당 환자가 많지 않다면 해볼 만한 일인지도 모른다.

사생활 보호가 철저하다는 미국에도 이런 생각을 하고 실행에 옮기는 의사가 있다. 미국의 한 가정 의학 학회지에 실린 칼

럼에서 뉴저지 의대 가정 의학과의 한 교수는 환자에게 휴대 전화 번호를 주는 것이 "어떤 치료 계획보다도 치유 효과가 있고 안정감을 준다"[*]라고 말한다. 또한 그의 전화번호를 받은 환자들은 생각만큼 그리 자주 전화를 걸지는 않았고, 한 달 동안의 총 통화 횟수는 3, 4회 정도였다고 한다. 전화번호를 주는 행위 자체가 환자를 안심시키고 의사와 치료에 신뢰를 느끼게 하며, 환자가 몸에 이상을 느끼면 바로 전화할 것이라는 것을 알기에 의사 본인도 안심할 수 있었다고 한다.

물론 미국에서도 일반적인 일은 아니며, 진료하는 환자군의 특수성에 따라 결정은 달라질 수 있으니 신중하게 고려해야 한다고 그는 말한다. 그러나 미국보다 훨씬 많은 환자를 진료하며 과로하고 있는 한국 의사[**]의 경우에는, 그렇지 않아도 위태로운 일과 삶의 균형이 환자에게서 오는 전화로 더욱 흔들릴 위험이 매우 높다. 선의로 시작했던 일이 오히려 나중에 곤란한 상황에 처하게 할 수도 있는 것이다. 아버지에게 친절하게도 집전화 번호를 주었던 의사 선생님은 그래서 후회하였는지도 모른다.

[*]   Dillaway WC, Why I Give My Cell Phone Number to My Patients. Fam Pract Manag. 2009;16(4):24-25

[**]   우리나라의 의사 1인당 진료 횟수는 OECD 국가 중 가장 많다. 진료량이 많으므로 노동강도가 가장 높다고 볼 수 있다. 2017년 통계(Health at a glance 2017)에서 의사 1인의 연간 진료 횟수는 전체 OECD 국가 평균이 2,295회, 우리나라는 7,140회였다. 1주에 평균 약 140명을 보는 셈이다. 미국은 연간 약 1,600회로 평균보다 낮다. http://dx.doi.org/10.1787/888933604970

1991년 3월 18일

식사 후 아내와 병원에 갔다. 일반외과의사는 PTBD한 것 이외에
어디 아픈 데 없냐고 묻는다. 담낭암이니까 물론 그쪽 부분이 무겁게
느껴지긴 한다고 했다. 놀란 듯 지금 병명을 무엇이라고 했느냐고
되묻길래 담낭암이라고 했더니, 누가 그런 얘기를 해주더냐고 다시
묻는다. 서울에서 진료를 담당했던 특진 교수가 말해주었다고
하면서 "환자분이 대학교수니까 미래를 서서히 준비하는 의미에서
말해준다"고 들었다는 얘기를 했다. ○○ 대학교 교수냐고 묻고 어느
과냐고 다시 묻는다. 대답할 수밖에. 대부분의 환자들은 의사의
물음에 솔직히 답하고 더 많은 질문을 해주길 기대한다. 외과 과장은
PTBD를 박은 부분을 간단히 처치해주고 앞으로 급히 아플 경우에는
집으로라도 전화해주면 응하겠다고 매우 친절하게 대해주었다.
아무튼 ○○ 의료원에서는 앞으로 치료받는 동안에는 푸대접을 받지
않겠구나 하고 생각하니 돌아오는 발길이 가벼워짐을 느꼈다.

1991년 8월 13일

어제 아침 담즙이 나오질 않아서 세척을 했으나 효과가 없었다.
서둘러서 병원에 갔고, 병원에서 세척을 했으나 마냥 그 상태.
빈혈이 심하니까 수혈이라도 해달랬더니 마지못해 처방을 써준다.
입원실도 없어 응급실에서 하루를 지냈다.
피 주사 맞는 중에 환자는 고통스러워하고 의사를 불러 달라고
야단이다. 나는 비실비실거리며 의사를 찾았으나 냉담한 표정.
의사는 나를 따로 불러서 서로 결례되는 행동은 하지 말자고

\\\

싸늘하게 얘기했다. 지난번처럼 이번에도 밤에 전화할까 봐 미리 방지하는 것인가? 처음에 왔을 땐 전화번호까지 적어주며 친절했던 사람이 이젠 환자가 많아지니까 우리 같은 사람은 귀찮아진 것이다. 세태에 따른 변화겠지.

의사는 병원에 있어 봐야 진통제 주는 일밖에 없을 테니 집에 가는 것이 어떻겠냐고 했다. 본인도 그것을 원하길래 그냥 집으로 와버렸다.

전화번호를 받았다는 대목을 읽으며 '그래도 나름 담당 선생님이 챙겨주었구나'하고 안도하였던 마음은 허탈함으로 바뀌었다. 그는 분명히 처음에는 안타까운 마음에 조금이라도 도움이 되었으면 싶어 아버지에게 전화번호를 주었을 것이다. 40대의 말기암 환자를 보았을 때 그 불운에 마음 아파하지 않을 사람이 누가 있겠는가. 그러나 말기암 환자의 처절함은 웬만한 단련을 거치지 않고는 견디기 어려운 일이다(그래서 완화 의료에 대한 교육을 받고 경험을 쌓은 의료진이 필요하다). 암이 진행되면서 쉽게 조절되지 않는 신체 증상들, 불안해하고 초조해하는 환자와 가족, 흔히 이어지는 의료진에 대한 분노와 투사*는 점점 감당하기 어려워지고, 의사는 무력감을 느끼게 된다. 결국 그는 다급하게

---

* 투사(projection). 방어기제의 하나로, 대개 '자신의 자아에 내재해 있으나 받아들일 수 없는 것들을 다른 사람의 특성으로 돌려버리는 수단'으로 정의된다. 보통 '남 탓'을 하는 것을 말하는데, 암환자의 경우 암이 진행되어 악화하는 것을 받아들이지 못하고 의료진을 탓하는 일이 흔하다.

연락하는 환자와 가족이 선을 넘었다고 생각하게 되었을 것이다. 그러나 전화번호를 준다는 것은 선을 조금 넘어도 괜찮다는 신호나 다름없다. 애초에 쉽사리 보내서는 안 되는 신호였다.

그러나 전화번호를 건네받았을 때 엄마 아빠가 얼마나 큰 위안을 받았을지를 생각해본다. 두 분이 말하는 '배려받는 환자'로서의 기쁨은 온통 슬픔과 두려움으로 점철된 일기 중 몇 안 되는 밝은 순간이다. 그것만으로도 그는 철없는 중학생 딸이었던 나보다 부모님에게 더 해준 것이 많은 사람이다.

나는 손에 꼽을 정도의 환자들에게 나의 휴대 전화 번호를 준 적이 있다. 모두 말기암 환자로, 나와 관계가 좋은 분들이셨다. 그러나 예상보다는 연락이 오는 횟수가 적었다. 그럴 만한 분들에게 준 것도 있지만, 환자들은 생각보다 훨씬 정중하고 조심스러웠다.

그중 카톡으로 주로 연락하던 분은 어느 날 항암제 부작용으로 심하게 붓고 껍질이 벗겨진 발(수족증후군)을 사진으로 찍어서 보냈다. 심상치 않아 응급실에 오라고 했고, 결국 이틀 정도 항생제 치료를 하고 호전이 되어 퇴원했던 적이 있다. 그 외에도 여러 차례 연락을 하셨지만 전화만으로는 파악하기가 어려웠다. 마지막 연락은 항암제가 더 이상 듣지 않아 남은 시간이 길지 않다고 말씀드린 후 몇 주가 지난 시점이었다. 자녀분이 응급실에 오고 있다며 황급히 대신 문자를 보낸 것이었는데, 응급실에 가보니 DOA(dead on arrival, 병원 도착 시에 이미 임종 상태인 상황)였다. 수족증후군 사진은 전공의 및 간호사를 위한 항암제 관련 교육용 슬라이드로 쓰고 있다. 나에겐 소중한 고인의 유품이 되었다.

수년 전부터는 환자에게 일체 휴대 전화 번호를 주고 있지 않다. 상급 종합병원으로 직장을 옮기면서 진료 환경이 바뀐 것이 첫 번째 이유이다. 더 많은 환자를 보게 되었고, 나를 포함해 이전 직장에서보다 더 많은 의료진들이 팀을 이루어 환자 진료에 참여하고 있다. 이 상황에서 환자에게 개인 전화번호를 주는 것은 자칫 혼란을 초래할 가능성이 높다. 만약 응급실에서 간호사나 전공의의 지시에 따르지 않고 전문의에게 직접 연락하는 환자가 있다면 정말 곤란할 것이다(전공의 때 내가 자신이 원하는 치료—굳이 필요하지 않은 수액이나 소화제 등—를 해주지 않는다며 교수님께 직접 연락하는 VIP 환자가 있었다). 두 번째 이유는 소수의 환자에게만 전화번호를 주는 방식이 정말 진료의 질을 높일 수 있는가, 회의가 들었기 때문이다. 내가 선택한 일부에게만 연락처를 주다니, 공정하지 못하다.

암환자들은 암이 진행되어 나빠질까 봐, 혹은 치료 부작용이 생길까 봐 느끼는 불안이 매우 크다. 만약 수시로 연락하여 물어볼 수 있는 콜센터가 있다면 큰 도움이 될 것이다. 우리나라가 의료접근성이 높기는 하지만 아플 때마다 병원에 달려갈 수 있는 것도 아니고, 특히 암환자들은 진료받던 병원이 아니면 받아주지 않는 경우도 허다하다. 응급실에 갔다가 그 복잡함과 긴 대기 시간 때문에 오히려 더 고생하는 것은 말할 것도 없다.

의료진 역시 환자가 수시로 증상을 문의할 수 있는 창구가 생기기를 바란다. 너무 짧은 시간 안에 면담과 진찰, 처방까지 처리해야 하는 상황에서 치료를 받고 귀가한 환자에게 무슨 문제라도 생길까 불안한 것이다. 그러나 그러한 시스템은 숙련된 인력으로 구성된 당직 체계로 돌아가야 하기 때문에, 이를 위해 거쳐야 할 비용과 제도 장벽이 너무도 크다.

최근에는 IT의 발전에 힘입어 환자가 증상에 대해 원격으로 알리고 의료진의 도움을 얻을 수 있을 수 있는 모바일 헬스케어 플랫폼들이 늘고 있다. 우리나라에서는 원격의료에 대한 의사 사회의 거부감이 심하고 각종 규제가 까다로워 본격적으로 진료에 적용하고 있지는 못하지만, 향후 수년 이내에 당뇨나 고혈압, 파킨슨병 등 만성질환의 관리에서는 필수적인 요소가 될 가능성이 높아 보인다.

항암 치료 중인 환자 및 호스피스 돌봄의 대상이 되는 환자들도 이런 IT 발전의 혜택을 입을 수 있을까? 미국의 유명 암 전문병원인 메모리얼 슬로언-케터링 암 센터(Memorial Sloan Kettering Cancer Center)에서는 항암 치료 중 발생하는 증상에 대해 온라인 모니터링 시스템을 적용했다. 환자가 정기적으로 인터넷을 통해 통증, 호흡곤란 등 12개의 주요 증상에 대해 그 정도를 체크하고, 중증도가 높은 증상이 나타나면 담당 간호사에게 이메일로 경보가 전달되며, 외래진료 때마다 의사가 확인하는 시스템이다. 이는 통상적인 진료 방식에 비해 삶의 질은 물론 응급실 방문 횟수를 줄이고 생존 기간까지 연장됨을 보여 많은 이들을 놀라게 했다.[*] 사망 위험을 약 17퍼센트, 생존 기간을 약 6개월 가량 연장시킨 효과는 웬만한 신약 항암제보다도 나은 편인데, 증상이 악화하기 전에 적절히 조절함으로써 항암 치료를 중간에 끊거나 연기하지 않고 제때 받을 수 있었던 것이 수명을 연장하는 효과를 낳은 것으로 평가되고 있다.

또한, 미국 등 외국에서 활성화된 가정 호스피스는 방문간호 이외에 대개 24시간 상담이 가능한 서비스(after-hour phone call service)를 같이 제공하고 있다. 우리나라는 집에서 간병하기 어려운 경우가 많아서 대부분의 말기암 환자들과 가족들은 입원을 선호하기는 하지만, 향후 환자들이 좀 더 병세가 악화하기 전에 호스피스 진료의 혜택을 받는 쪽으로 바뀌게 되면(아직까지는 임종에 임박해서야 호스피스 진료를 받는 경향이지만, 점차 개선되고 있다) 집에서 지내는 시기의 증상 조절 또한 보다 원활해질 것으로 기대한다.

수년 전 눈발이 몰아치던 어느 겨울날, 모르는 번호로부터 문자메시지가 왔다.

"○○○ 환자, 2월 13일 23시 03분에 편안히 눈감으셨습니다……."

[*] Basch E, Deal AM, Dueck AC et al. Overall Survival Results of a Trial Assessing Patient-Reported Outcomes for Symptom Monitoring During Routine Cancer Treatment. JAMA 2017; 318: 197-198.

내 메일 주소와 전화번호를 알려드렸던, 전이암을 진단받은 이후 약 5년간 수많은 힘든 치료들을 거치면서도 웃음을 잃지 않았던 60대 환자분의 따님이 대신 전해온 부고였다.

"고인의 명복을 빕니다······ 좋은 곳으로 가셨기를. 많은 도움을 못 드려 죄송합니다."

"항상 선생님께 고마워하셨어요. 감사했습니다."

일하다가 힘들 때면 가끔 따님이 보낸 문자를 들여다보곤 한다. 세상에 태어나 이런 말을 들을 만한 일도 했었다는 사실에 스스로의 가치를 느껴보려고. 전화번호 하나에 담긴 배려에 기뻐했던 아빠같이, 나도 환자와 가족의 감사 인사 한마디에 온몸을 가득 채우는 위안을 얻고 있다. 진심이 담긴 관계를 맺는 것에 꼭 전화번호가 필요하다고 생각하지는 않는다. 그러나 그 관계에서 얻는 영혼의 위로가 환자뿐만 아니라 의사에게도 살아갈 힘을 주는 것은 분명하다.

해줄 것이 없는 환자

부모님은 현대 의학으로 병이 나아지는 것은 일찌감치 포기했지만, 수시로 악화하는 열과 PTBD 주변의 통증, 구토 때문에 아버지는 하루가 멀다 하고 병원을 드나들었다. 응급실 출입을 수차례 한 끝에, 돌아가시기 석 달 전부터는 장기 입원을 하게 되었다.

　부모님이 느낀 것은 병원에 올 때마다, 의료진을 붙잡고 물어볼 때마다 돌아오는 지친 시선들, '또 왔나' '해줄 게 없는데 왜 자꾸 매달리나'라고 말하는 난감한 눈빛들이었다. '환영받지 못하는 환자'라는 느낌은 고통의 탑에 또 하나의 묵직한 돌을 얹었다.

1991년 6월 25일

병원에 가면 의사는 무슨 증상을 얘기해도 무덤덤하다. 그럴 거예요, 앞으로 더 그럴 거예요, 병이 병이니만큼 대중적인 요법 외엔 다른 수가 없어요, 뭐 이런 내용들이다. 그러니까 나는 병원에 가서 새삼 남편의 병을 다시 인식하게 되고, 의사의 말에 의해서 남편의 생이

얼마 안 남았다는 것을 확인하게 되는 것이다.

그런 것이 싫다. 그들의 그런 태도들이 싫다.

희망이라고는 하나도 없는 말투며, 행동이며... 하긴 뭐 그들도 그럴

수밖에 없겠으나…….

오늘 목욕을 시키며 보니 더욱 뼈가 앙상하게 느껴진다.

1991년 10월 12일

오늘 다시 병원으로 오고 말았다.

인사를 받기도 민망하다. 다시 왔구나 하는 표정들.

또 입원하느냐고. 수납계의 아가씨도 인사, 간호사도…….

병원으로 오는 차 속에서도 토를 하면서 왔다.

남편이 불쌍하기도 하지만 나 자신의 고통도 지긋지긋해서 오늘은

울었다.

집에서도 병원에서도 울며 다녔다. 늙은 여자가 보기 싫게시리.

처음 임상 실습을 할 때, 처음 병원에서 일을 할 때, 처음으로 병실 환자의 주치의로서 환자 이름 앞에 내 이름 석 자를 박아 넣을 때, 당연히 아버지를 떠올렸다. 그리고 당연히, 처음의 기억과 경험은 곧 일상에 묻혀 바스라지고 말았다. 나는 분명 '해 줄 것도 없는데'라며 되뇌며 지친 눈빛을 환자에게 보낸 적이 있다. 완치되게 해달라고, 잘 먹을 수 있게 해달라고, 복수가 안 차게 해달라고, 내가 할 수 없는 것들을 요구하며 애원하거나 화를 내거나 울먹이는 환자와 가족을 그런 시선으로 바라본 적

이 분명히 있을 것이다.

"터미널*입니다", "서포티브 케어**환자입니다"라고 보고하고 인계하는 의료진들의 말에는 '해줄 게 없는데 병원에 매달리는 환자입니다'라는 뜻이 숨어 있다. 나 또한 한숨과 피로를 가득 담아서 터미널, 서포티브 케어, 라는 단어를 발음하곤 했다.

완화 의료(palliative care)가 암 진료에 도입되고 중요하게 인식되기 시작한 것은 우리나라에서 그리 오래되지 않은 일이다. 완화 의료는 암환자의 신체적·정신적·사회적·영적 어려움을 돌보는 제반의 의료 행위를 일컫고, 그중에서도 특히 죽음을 앞둔 환자를 돌보는 진료를 호스피스 돌봄이라고 부른다. 지금 당장 불편하고 힘든 것을 가라앉히는 것이 어찌 보면 사람들이 가장 바라는 것일 텐데, 의사도, 심지어 환자 자신도 그리 중요하게 여기지 않는다. 암을 없애거나 줄이는 것이 중요하지, 암으로 인한 증상을 완화하는 것은 단지 일시적일 뿐, 근본적인 해결 방법이 아닌 부차적인 일이라 여긴다. 증상 자체를 완화하는 치료에 대한 편견은 의학에서 시작되어 일반 사회에도 널리 퍼

* terminal, 혹은 terminal cancer. 더 이상의 항암 화학 치료로 종양을 조절하기 어려운 단계에 이른 말기암 환자를 지칭한다.

** supportive care. 말기암 환자가 겪는 신체적·정신적·사회적 증상을 돌보는 의료 행위를 일컬으며 palliative care(완화 의료)와 비슷한 의미로 사용된다. 여기서는 supportive care의 대상이 되는 말기암 환자를 지칭하는 용어로 쓰였다.

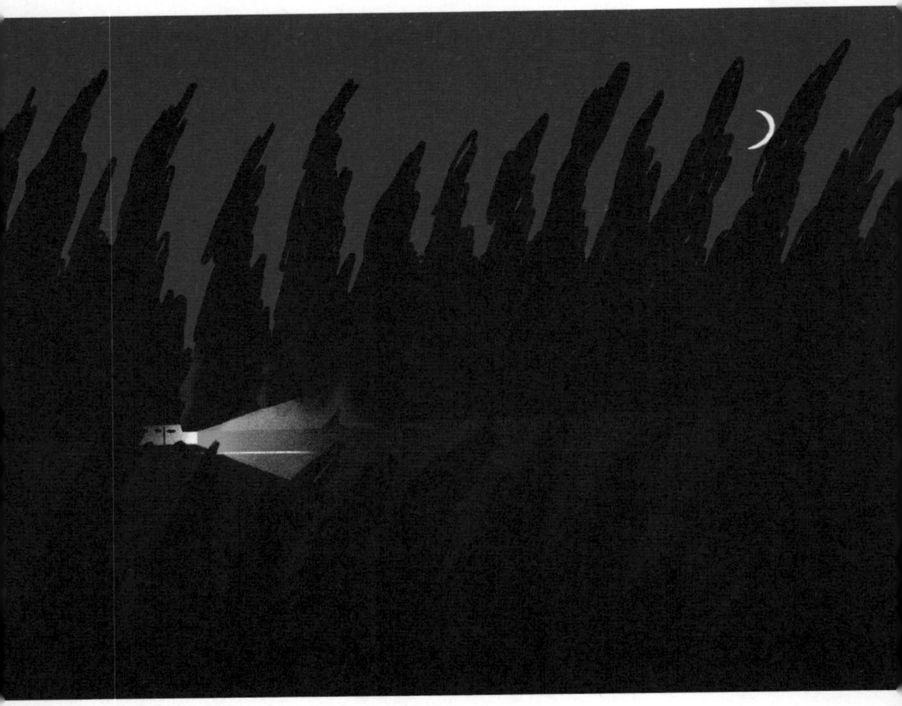

진 일종의 관용구가 되어 버렸다. '대증요법' 또는 '땜질식 처방'이라는 말은 본질을 회피하는 행위의 대명사가 되어, 대개 누군가를 비난하기 위해 쓰이지 않는가.

하지만 암으로 죽어가는 사람의 증상을 완화하는 것이 암을 줄이고 없애는 일에 비해 가치가 떨어지는 일일까? 의학의 목적을 노동력과 기능의 회복이라는 관점에서 본다면 이렇게 가치가 떨어지는 일도 없을 것이다. 어떻게 해도 '죽음'이라는 결과는 달라지지 않으니 말이다.

그러나 의학의 목적과 가치를 '사람 그 자체'에 둔다면, '그와 그의 가족의 안녕과 행복'에 둔다면, 사람의 인생에서 가장 절망스러운 시기를 돕는 일은 분명 가치 있고 보람 있는 일이다. 그러나 그렇게 가치 있는 일이 꼭 의사의 일이어야 하는가, 의사의 전문성이 필요한 일이냐고 의문을 제기할 수도 있겠다. 대개 죽어가는 이를 돕는 것은 마더 테레사 같은, 종교인이나 사회사업가의 일로 여기지 않는가. 의학은 과학이며, 그 과학에 기반한 전문적 서비스가 의료인데, 호스피스는 과학에 기반하였다기보다는 인도주의나 사명감에 의해 이어가는 일종의 봉사로 여겨진다. 실제 호스피스 진료를 하기 위해 의사가 되는 이들은 많지 않고, 나 역시 마찬가지다.

호스피스가 왜 의료인가. 그에 대한 가장 간단한 대답은 "죽어가는 환자들이 병원에 오니까"가 될 것이다. 죽음이 임박한 풍경은 티브이 드라마에서 보듯 엄숙하고 고요한 상황이 아니다. 극심한 통증, 호흡곤란, 발열, 그르렁거리는 숨소리, 공포에 찬 비명, 눈물, 고약한 냄새와 분비물에 둘러싸여 있다. 이러한 신체적·정신적 증상의 조절 없이 평화로운 죽음을 바라기는 어려우며, 영혼의 안녕을 이야기할 수도 없다. 호스피스는 과학의 산물인 마약성 진통제, 진정제, 항불안제, 스테로이드 등을 이용해서 죽음이 임박한 신체적·정신적 증상을 조절한다. 그래서 죽음은 의료의 영역으로 들어오게 되었다. 삶이 그랬던 것처럼.

아툴 가완디의 《어떻게 죽을 것인가》에는 장천공으로 먹지 못하고 극심한 통증을 호소하는 말기 췌장암 환자인 데이브가 집에서 지낼 수 있도록 돕는 호스피스 담당 간호사 크리드의 일이 잘 그려져 있다. 자가조절 진통제 펌프를 설치하고, 자세 조절이 쉽도록 병원용 전동 침대를 제공하며, 그의 아내 섀런에게 환자를 씻기는 법과 피부 간호 방법 등을 가르친다. 비상 약품 세트를 제공해 갑작스런 증상 악화 때 대처할 수 있도록 도울뿐더러 24시간 대기 중인 호스피스 간호사가 있어 어떤 약을 어떻게 써야 할지 도움을 받을 수 있다(아직 가정 호스피스가 원활하지 않은 우리나라에서 이런 도움은 어렵지만, 입원형 호스피스 기관에서는 대개 가능하다).

데이브와 섀런은 마침내 밤새 통증으로 깨지 않고 잘 수 있게 됐다.
크리드가 아니면 다른 간호사라도 날마다 방문을 했고, 어떨 때는

하루에 두 번 오기도 했다. 그 주만 해도 섀런은 세 번이나 호스피스 센터에 전화를 해서 데이브의 극심한 통증이나 환각 증상에 대해 도움을 받았다. 며칠 후 데이브 부부는 심지어 두 사람이 가장 좋아하는 식당에서 외식까지 했다. 데이브는 배가 고프지 않았지만 그곳에 있다는 것만으로도 행복했고, 그 식당에 얽힌 추억들에 잠길 수 있었다.*

아버지나 우리 가족이 완화 의료의 도움을 받을 수 있었다면 어땠을까? 아버지의 통증을 진통제로 잘 조절할 수 있었다면? PTBD로 혈액이 배어 나와 불안해하고 있을 때 누군가 전화를 받아 어떻게 할지 설명해줄 수 있었다면? 며칠에 한 번이라도 호스피스 간호사가 우리 집을 방문해서 아버지를 살펴보고 통증이나 열이 날 때 어떻게 해야 할지 알려주고 안심시켜줄 수 있었다면? 아빠가 가족을 남겨두고 떠나야 할 상황에 대한 두려움과 걱정을 누군가에게 털어놓을 수 있었다면? 엄마가 누군가에게 힘들다고 하소연하고 실컷 울고 위로받을 수 있었다면? 죽음의 고통과 슬픔은 아버지에게나 우리에게나 피할 수 없는 것이었겠지만, 누군가가 도와주고 곁에 있다는 느낌을 가질 수 있었다면 아버지와 함께한 마지막 일 년을 좀 더 소중하고 감사하게 간직하고 있지 않을까. 아버지가 떠났을 때의 서러움과 외로움, 세상에 대한 원망은 조금 더 빨리 우리 가족의 마음에서

* 아툴 가완디, 《어떻게 죽을 것인가》, 251쪽.

씻겨 내려갈 수 있지 않았을까.

아버지가 돌아가실 즈음은 '호스피스'는 고사하고 암이라는 질병 자체도 생소하던 시절이었다. 90년대 말에 내가 의과대학을 다니던 시절만 해도 사망률 1위 질병은 암이 아니었다. 무섭지만 드문 병이었다. 그러나 전 국민 의료보험 적용으로 인한 의료접근성 향상, 최근 십 년간 급격히 진행된 고령화, 진단 기술의 발달 등에 힘입어 암 유병률도 폭발적으로 늘어났다. 예전 같으면 노환으로 인한 사망으로 여겨졌을 죽음 중 상당수가 최근에는 암으로 인한 사망으로 통계에 잡히고 있다. 또한 다른 만성 질환으로 사망하였을 이들이 치료를 받고 생존하다가 결국 암으로 사망하게 되는 경우도 늘어났다.

사람이 암으로만 죽는 것은 아니며, 완화 의료가 암환자만 돌보는 분야는 아니다. 호스피스는 어떤 기저질환이든 임종 과정에 든 모든 환자를 대상으로 한다. 그러나 죽음의 과정이 주목받게 된 이유는 암환자가 많아지면서부터이다. 사고사나 급성질환으로 인한 사망은 죽음을 준비할 시간이 없고, 심부전이나 간경변, 만성폐쇄성폐질환 같은 만성질환은 수년간 지속되어 오면서 언제부터가 죽음의 단계인지 잘 모르기 때문이다. 반면 암은 대개 죽음을 앞두고 수개월 이전부터 환자의 전신 상태가 악화하기 시작하고 각종 신체적·정신적 증상이 나타나기 때문에, 이를 조절해야 할 호스피스 진료에 대한 수요가 생겨났다. 우리나라에서는 1998년 한국호스피스완화의료학회가 창

립된 이후 많은 의료진이 암환자 삶의 질 향상을 위한 진료와 교육, 연구에 이바지하고 있다.

그러나 여전히 의학의 다른 분야에 비해서 완화 의료는 주목받고 있지 못한 것이 사실이다. 만약 병실에 회복이 가능한 환자와 죽어가는 환자가 나란히 있다면, 의료진의 관심과 노력은 아무래도 회복이 가능한 환자에게 집중될 수밖에 없다. 게다가 죽어가는 이를 돌보는 것은 의료진을 지치고 소진(burn out)되게 만든다.

죽어가는 사람은 두려움과 불안에 가득 차 있다. 툭하면 화를 낸다. 대소변을 스스로 처리하지 못하고 씻지도 못하니 냄새가 난다. 그것이 그를 더욱 수치스럽게 하고 그래서 더 화를 내게 된다. 아프니 더 화가 난다. 자신을 이렇게 만든 병과, 그 병을 만든(만들었다고 생각하는) 원인과, 가족과 의료진이 원망스러워 화가 난다. 한편으론 죄 없는 이들에게 화내는 자신에게 화가 난다. 의식이 없거나 혼란스러운 경우도 많다. 이럴 땐 보호자가 화를 내기도 한다. 이렇게 될 때까지 뭘 한 거냐며.

임종 환자를 돌보느라 가장 고생하는 이는 보호자와 간호사이지만, 의사도 때로는 이런 분노와 슬픔을 감당하는 역할을 맡아야 한다. 환자의 질병을 조절하여 도와줄 수 없다는 무력감은 무척 견디기 어렵다. 또한 의사의 역할은 사람을 살리는 것이라는 사람들의 기대를 저버리기도 힘들다. 그래서 우선은 환자와 보호자의 화를 누그러뜨리기 위해, 또는 스스로의 무력감을 순간적으로라도 굴복시키기 위해, 무언가를 해보겠노라고 기약 없는 약속을 한다. 그러고는 환자에게 별로 도움이 되지는 않을 약물치료, 시술을 반복하고, 결국은 그에게 더 큰 고통을 안겼음을 후회한다.

어느 날, 반복되는 수액 요법과 영양제로 탱탱 부은 얼굴과 손발을 지닌 채 죽어가는 환자를 보면서, 내가 무슨 짓을 하고 있나, 생각한 적이 있다. 이건 사람을 물에 빠뜨리는 것과 마찬가지가 아닌가. 난 분명히 환자를 위하는 치료를 하고 있는데.

암 진행으로 장기 기능이 떨어져 전해질 균형을 맞추는 조절 능력이 파괴되니 저(低)나트륨혈증과 고(高)질소혈증이 나타난다. 그걸 조절해보겠다고 수액을 투여한다. 환자가 먹지를 못하니 계속 영양제를 준다. 그런데 그것들이 고통을 덜어주기는커녕 가중되는 상황을 만들고 있는 것이다. 그 혈액 수치들이 절대 교정되지 않을 거라는 것을 알면서도 계속 혈액검사 오더를 내리는, 밑 빠진 독에 물을 붓고 있는 상황. 지금 이 순간에도 전국의 병원에서 일어나고 있는 일이다. 의료 행위를 지시하는 것도 의사지만, 그것을 멈추는 것 역시 의사의 결단에 달려 있다. 몸에 들어가서 영양이 되지 않을 영양제보다는 차라리 수분을 줄이는 게 부종과 호흡곤란을 덜어준다는 것을 가족에게 설명하고 실행하는 것, 그것이 지금 내가 해야 할 일이 아닌가.

약제 투여든 시술이든 수술이든, 환자에게 무언가를 하고, 환자가 좋아지는 것. 그것이 의사가 되려는 이들이 꿈꾸는 모습이다. 그러나 이런 것도 의사가 하는 일들 중 하나다. 불필요한 것을 안 하는 것. 환자와 가족에게는 변명처럼 들릴 것 같은, 죽음을 앞둔 상황에 대한 대화를 지속하는 것. 그리고 그들의 곁에 있는 것.

> 새런은 지금까지 가장 어려웠던 부분은 데이브가 날마다 공급받고 있던 2리터짜리 경정맥 영양 공급을 포기하는 일이었다고 말했다. 그것이 데이브의 몸에 들어가는 유일한 영양 공급원이기는 했지만, 호스피스 직원은 이를 중단하는 쪽을 권장했다. 데이브의 몸에서 영양을 전혀 흡수하지 못하고 있는 듯했기 때문이다. 당, 단백질, 지방이 섞인 액체가 몸에 들어가서 피부가 아프도록 부풀어 오르고, 숨도 더 가쁘게 했다. (…) 그녀와 데이브는 영양 공급을 중단하기로 결정했다. 아침이 되자 벌써 부기가 많이 빠져 있었다. 이제 더 많이 움직일 수 있게 됐고, 움직일 때 덜 불편했다.*

  불필요한 것들을 제거하는 결정을 하는 것. 더하기가 아닌 빼기. 의사로서 폼나는 일이 아니지만, 나의 역할의 일부로 받아들인 이후에는 내가 하는 일과 말들이 구차하고 무기력하게 느껴져도 견딜 수 있게 되었다. 환자가 화를 내도 이해할 수 있는 여력이 좀 더 많아졌다. 그러나 아직도 수련하고 연습하는 중이다.

* 같은 책, 251~252쪽.

"그럼 이렇게 죽을 때까지 먹지도 못하고 이렇게 살란 말이에요? 차라리 안락사시켜주세요."

암이 복막으로 전이되어 배 속의 담도, 요관, 대장 등이 모두 막혀가는 소위 frozen abdomen 상태의 젊은 남자가 말한다. 죽어가는 환자와의 대화 원칙 중 가장 어렵고, 아직도 이해가 잘 안 되는 것은 '사실을 말하면서도 희망을 주는' 것이다. 한두 달 이내에 죽음이 예상되는 이에게 어떻게 희망을 줄 수 있을지. '죽을 때까지 이 상태로 지내란 말이냐'고 물으면 차라리 '그렇다, 당신은 그런 상태다'라고 말해버리고 싶기도 하다. '당신은 그런 상태이나 우리는 그 상황에서의 불편과 고통을 줄이기 위해 최선을 다할 것이다'는 말은 절망에 빠진 이에게는 공허할 뿐이다. 그가 마음을 추스르기 전에는.

"통증을 줄이고 수분을 공급하는 것도 우리가 해드릴 수 있는 치료 중 하나입니다. 암을 줄이진 못해도 이런 치료도 몸을 편안하게 하는 데 도움이 되실 겁니다."

이렇게 말하는 내 목소리가 얼마나 구차하게 들리는지, 얼마나 무기력한지…… 그에겐 자신의 상태를 받아들일 시간이 필요할 것이다. 내 몇 마디 말로 금방 상황을 인식하고 받아들일 수는 없다. 먹기 어렵다는 것, 억지로 먹으면 더 아프다는 것, 먹어도 그 음식이 소화가 되고 에너지를 만들어 기운이 나는 게

\\\

아니라는 것, 식욕마저도 점점 없어진다는 것, 말 그대로 몸이 죽음을 향해 가고 있다는 것. 그것을 말하는 나도, 그것을 듣는 그도 깊은 절망을 마주한다. 절망 끝의 분노는 갈 곳이 없어 나를 향한다. 그게 내 탓이 아니라는 것을 그도 알고 있기에 시간이 지나면 마음은 정리될 것이다. 늘 일어나는 일이다. 나는 기다릴 수밖에 없다.

나는 그에게 하루에 하나씩만 해보자고 했다. 장에 막힌 곳이 한두 군데가 아닐 것 같지만 일단 제일 심해 보이는 곳에 스텐트를 넣었다. 오늘은 물 마시기가 목표입니다. 오늘은 부축받아 화장실에 다녀오세요. 오늘은 휠체어로 이동하세요. 내일은 무슨 얘기를 해야 할지…… '죽음' 아니면 '완전한 삶'만을 원하는 그에게 남은 수 주를 어떻게 채우라고 할 것인가. 아직도 나는 고민하고 있고, 뭐라고 해야 할지 할 말을 고르고 있고, 여전히 부족하다고 느낀다. 가끔은 나 역시 이 답답한 상황에서 도망치고만 싶다. 그러나 나는 이 자리에 있어야 하고, 그의 삶을 끝까지 존중하고 책임질 의무가 있다. 그것만으로도 그에게 해줄 것은 있는 것이다. 내가 그를 바라보고 있는 한.

병원에서 받은 마음의 상처

1991년 8월 12일

의사는 아내를 불러내어 "내가 할 수 있는 일은 세척뿐이고 더 이상
할 일이 없다"고 했다.

수혈이 끝난 후 500ml 포도당을 맞고 있었는데, 6시에 의사가 다시
왔길래 부탁했다. PTBD 세척을 하여 고통을 줄여달라고. 그러자
의사는 "○○씨 말고도 25명의 환자가 있다"면서 불평한다. 그래도
제발 부탁한다고 했더니 세척을 약 20분 동안 최선을 다하여
해주었다. 도중에 "살려달라"고 고통의 소리를 지르며 빌 정도로
심한 세척을 했다. 끝났을 때에는 조금 전과 달리 배 속이 시원하고
고통도 전혀 없었다.

집에 온 후에도 양은 적었지만 담즙이 계속 흐르고 밤새 고통 없이
지냈다.

1991년 8월 31일

의사는 어제도 오늘도 우릴 찾아오지 않았다. 카테터를 교환했으면
잘 되었나 확인을 위해서라도 한 번쯤 와보아야 할 텐데도……

\\\

결국 퇴원하는 길에 외래진료실에 인사를 하러갔다. 인사도 하고 싶지 않은 심정이었는데, 마침 환자가 있었다. 의사는 우리를 보고서도 보지 못한 척했다.

1991년 9월 16일
아침에 애들을 학교에 보낸 후 나도 서둘러 병원에 다녀왔다.
내복약이 떨어졌으므로······.
의사와 간호사는 조금 더 인간적이 될 수는 없을까? 병원에 갈 적마다
내 눈에 비인간적으로만 비친다. 바보들. 그래, 차라리 이제는
그들을 바보들이라고 말해버리자.

아버지는 의료진의 무례함에 대해 비교적 담담하게 적어내려 간다. 자신의 요구에 귀찮아하던 의사였지만, 그에게 고맙지 않았다면 '최선을 다하여 해주었다'고 적지는 않았을 것이다(지금의 관점으로 본다면 통증이 심할 정도로 담관 세척을 하는 것은 위험한 일이다. 영상의학과에 의뢰하여 담관조영술을 해서 확인해보아야 한다). 반면 어머니는 의료진에 대한 섭섭함을 감추지 않는다. 본인이 간호사 출신임에도 불구하고. 어머니가 묘사한 의료진의 모습은 한결같이 무기력하고 무능하며 무심하다.

혹시, 내 환자들도 나를 이렇게 바라보고 있지는 않을까?

의사의 말과 행동으로 마음의 상처를 입어본 경험은 모두 한번쯤 있을 것이다. 나는 의사가 되기 전에도 그랬고, 의사임을

밝히고 진료를 받았음에도 어이없는 대우를 받은 적도 있다. 한편 나도 어떤 환자에게 모욕과 상처를 준 적이 있을 것이다. 사실, 대부분의 의사들은 기본적으로 환자에게 잘해주고 싶어 하고, 도움을 주고 싶어 하며, 신뢰를 얻고 싶어 한다. 그것은 의사들의 삶을 이어가게 해주는 밑거름이다. 빈말처럼 보이겠지만, 정말이다. 그런데 의사들은 왜 환자를 섭섭하게 하는 것일까?

여기부터는 변명이 되리라는 것을 알고 있다. 그러나 늘 말하고 싶었다. 나는 친절한 의사일 때도 있지만(나는 병원에서 환자들을 대상으로 조사한 의사 개인별 추천 의향도가 90퍼센트 이상으로 꽤 상위권이다), 싸가지 없는 의사이기도 하다(환자가 병원 고객의 소리에 민원을 넣어서 소명을 해야 했던 적도 있다). 왜 의사들은 환자들에게 잘하고 싶어 하면서도 그렇게 무심하고 불친절하다 욕을 먹을까. 그 이유는 이 세 가지가 아닐까. 바빠서, 몰라서, 아파서.

바빠서.

의사들이 바쁜 것은 다 안다. 왜 바쁠까. 의료 자원(병원의 시설, 의료인의 수, 의료인의 노동시간)은 제한되어 있고 그에 비해 환자는 많기 때문이다. 세계 어느 곳에도 모든 환자가 만족할 만큼 의료 자원이 넘쳐나는 곳은 없다. 그러나 사회 전반에서 인간 노동의 가치에 대한 평가가 박한 우리나라에서는 의료 수가 역시 형편없이 낮다. 결국 적은 수의 의사와 간호사가 많은 환자를 담당하는 박리다매식의 진료가 고착화되었다. 사실 이러한 진료 방식은 양질 전환의 법칙에 의해 의료의 질을 어느 정도

향상시킨 것이 사실이다. 그러나 환자가 많으면 환자 한 사람에게 쏟을 시간과 마음은 줄어들 수밖에 없는 것 또한 현실이다.

　의료사회학자 아서 프랭크 역시 항암 치료를 받는 자신의 두려움과 소외감에 충분히 공감해줄 수 없었던 의사와 간호사에게 불편한 감정을 느낀다. 그러나 그는 감정의 표현에 그치지 않고 왜 그들이 그토록 무심하고 관성적인지를 고찰한다.

> **개인의 선량함이라는 측면에서 인간들이 전형적으로 이루는 스펙트럼이 있다면, 나는 의료인들이 이 스펙트럼의 높은 쪽 끝에 있다고 본다. 큰 집단이고 여러 종류의 사람이 뒤섞여 있기에 당연히 제각각 차이는 크지만 말이다. 전형적이지 않은 점은 이들에게 맡겨진 직무다. 심하게 아픈 환자에게는 의료인들의 말과 행동 전부가 처방되는 약과 수술만큼이나 중대한 영향을 미칠 수 있다. 그러나 의료인들의 업무는 대부분 너무 빡빡하게 짜여 있어서 이들이 환자의 혼란, 두려움, 그리고 자존감 있는 인간이고자 하는 분투에 민감하게 마음 쓰기 어렵다.***

　아버지에게 "당신 말고도 25명의 환자가 있다"고 말한 응급실 의사의 말은 진실이었을 것이다. 지금보다 인력도 시설도 부족했을 30년 전의 응급실에서 25명의 환자를 봐야 하는 상황이 얼마나 난감할 것인지, 전공의 시절의 응급실 근무 경험을 떠올

---

　　*　아서 프랭크,《아픈 몸을 살다》, 237쪽.

려보면 짐작이 간다. 그 25명 중에는 아버지보다 더 중증인 환자도 있었을지도 모르고, 환자에게 얼마나 도움이 될 지 불분명한 PTBD 도관 세척보다는 훨씬 시급한 처치나 시술을 기다리는 환자도 있었을 것이다.

그러나 "당신 말고도 25명의 환자가 더 있다"는 말에는, 존중이 담겨 있지 않다. 당신의 고통이 다른 이들의 고통보다 특별히 더 우선할 수 없다는, 25명 모두의 담당 의사로서 공정해야 한다는 의무감은 담겨 있을지언정, 그 공정해야 하는 이유, 즉 한 사람 한 사람의 생명과 안위가 모두 중요하고 존중받아야 한다는 인식은 찾아볼 수 없다.

몰라서.

나는 그가 바쁘기도 했지만 몰라서 그랬다고 생각한다. 그는 갑갑한 현실과 그 한계를 전했을 뿐이지만, 그 말을 들은 환자는 어떻게 느낄지에 대해 배운 적도, 생각해본 적도 없었을 것이다. 아버지가 퇴원하는 날 회진하지 않았던 의사 역시, 몰라서 그랬을 것이다. 환자에게 어떤 말을 해야 할지를…… 혹시 원망하거나, 자포자기하는 말을 하거나, 대답하기 곤란한 질문을 한다면 어떻게 대답해야 할지 난감해서…… 어쩌면 주말을 앞두었다는 핑계로 자리를 피했을는지도 모른다.

나는 환자가 내 말에 어떻게 느끼는지를 시행착오를 통해 배울 수밖에 없었다. 어떤 이는 눈앞에서 항의하기도 했고, 어떤 이는 민원을 넣기도 했다. 처음엔 억울했고, 왜 저렇게 예민하지, 어이없네, 그렇게 생각하기도 했었다. 그러나 시간이 지나고 나니 이해할 수 있었다. 왜 아무런 악의도 없는 나의 행동에 그들이 그렇게 섭섭해하고, 분노했었는지. 지금은 의과대학이나 병원에서 학생과 의료진을 대상으로 의사소통 기술 트레이닝을 하기도 하고, 모의 환자를 대상으로 실습을 하고 환자의 감정에 대해 피드백을 받는 시간을 마련하기도 한다. 이런 기회가 늘어나는 것은 환영이지만, 가장 중요한 '바빠서'가 해결이 안 되는 상황에서 얼마나 효과가 있을지 의문이기도 하다.

아파서.

많은 의사와 간호사들이 자신의 몸과 마음을 챙길 여유가 없다. 비행기에서 사고가 났을 때 어른이 먼저 산소호흡기를 착용하고 아이에게 씌우라는 안전 지침을 본 적이 있을 것이다. 누군가를 도우려면 먼저 자신이 온전해야 한다. 그러나 《아픔이 길이 되려면》에서 고려대 보건대학원 김승섭 교수가 말하는 전공의들의 건강 수준은 참혹할 지경이다.

> 동일 연령대의 일반 노동자와 비교했을 때, 요통으로 고생하는 경우가 9배 높았고, 불면증이나 수면장애에 시달리는 경우도 그 빈도가 22배 높았습니다. 특히 정신건강은 심각했습니다. 여성 레지던트의 12.6퍼센트, 남성 레지던트의 9.3퍼센트가 지난 1년간 자살에 대해 심각하게 생각해본 적이 있다고 답했습니다. 우울증상의 유병률도 남녀 모두, 같은 연령대 일반 전일제 노동자

집단에 비해 최소 4배 이상 높았습니다.[*]

 나는 신체적으로나 정신적으로 비교적 건강한 편이어서, 아직까지는 위에 열거된 증상들을 크게 겪은 적은 없다. 그러나 아직도 떠오른다. 전공의 시절 36시간 연속으로 잠을 자지 못하면서 비몽사몽 응급실 근무를 해야 했을 때의 막막함과 두려움. 임신 초기 입덧으로 거의 먹지 못한 채로 3시간 동안 30~40명 정도의 외래진료를 봐야 했을 때의 무력감. 화가 난 보호자에게 멱살을 잡힌 이후 한동안 어두컴컴한 주차장에 혼자 가지 못했던 기억. 환자가 겪는 고통에 비할 바는 아니지만, 그리고 이 사회에는 훨씬 힘들게 일하는 사람도 많지만, '너희들은 면허를 독점하는 사회적 특권을 가지고 있고 소득도 높으니 이 정도의 고통은 감내해야 한다'라고 말할 수 있을까. 우리 사회는 이국종 교수처럼 일 년에 네 번 정도 집에 가고, 당직실에서 불은 짜장면을 먹으며, 한쪽 눈의 시력을 상실할 정도로 자신의 몸을 내던져 환자를 돌보는 의사를 원하지만, 이국종 교수 본인이 말했듯이 이런 시스템은 지속 가능하지 않다. 산소호흡기를 먼저 착용한 사람이 미처 착용하지 못한 사람들을 도울 수 있다. 나 역시 환자에게 좀 더 공감하고 따뜻한 말을 건넬 수 있었던 때는 내가 잘 자고 잘 먹고 운동을 할 수 있으며, 심리적으로 안정되어 있을 때였다.

---

[*] 김승섭, 《아픔이 길이 되려면》, 동아시아, 2017, 133쪽.

많은 병원에서 환자의 불만과 민원을 줄이는 방법을 고민하고 있고, 의료진의 서비스에 대한 환자의 만족도를 측정하여 인센티브 제도나 병원 정책에 반영하고 있다. 보건복지부와 건강보험심사평가원에서는 '환자경험평가'라는 것을 도입해서 환자를 존중하는 의료서비스를 제공하는지 확인하겠다고 이야기한다. 그러나 정작 의료인의 노동환경을 개선해서 서비스의 질을 높이는 가장 중요한 시도는 그닥 보이지 않는다. 또한 외부로부터의 친절과 공감에 대한 압박은 전문적인 업무를 수행하는 의료인들에게 동기를 부여하기 어렵다. 직업의 본질과 먼 립서비스를 요구받는다는 느낌을 불러일으킬 뿐이다.

한번은 직장에서 전공의들을 대상으로 환자들의 민원을 소개한 적이 있었다. "환자를 영혼 없는 고깃덩어리로 취급하지 말라"는 사례를 들었을 때 나는 울컥했다. 환자는 그렇게 느꼈을 수 있다. 일기장에서 의료진을 "바보들"이라 불렀던 나의 어머니처럼. 그러나 격무에 지쳐 자리에 앉아 있을 기운도 없는 사람들을 모아놓고 죄책감만 안겨주면 그들이 느끼게 될 좌절감은 어떡하란 말인가.

그래서 손을 들고 일어나서 얘기했다. 우리들 중 어느 누구도 환자를 고깃덩어리로 대하는 사람은 없다고. 우리는 그러려고 의사가 된 것이 아니라고. 치료적 수단으로서 의사소통 능력을 훈련할 필요가 있다는 데 동의하지만, 민원을 해결하려고, 환자의 기분을 맞춰주려고 친절해야 하는 것이 아니라고 말이다. 그런데 이런 말까진 하지 못했다. 여기 있는 사람들이 하루

7시간을 잘 수 있다면, 봐야 하는 환자 수가 절반으로 줄어든다면 훨씬 친절하고 공감할 수 있는 의사가 될 것이라고. 그러나 그것은 민원을 제기한 환자의 탓도, 그 민원을 소개한 직원의 탓도 아니기에 나의 분노는 갈 곳을 잃고 말았다.

"선생님을 만나면 마음이 놓입니다."

얼마 전 돌아가신 환자분이 해준 말. 지쳐 있던 나에게 적잖은 위안이 되었다. 환자들은 의사에게 섭섭해하고 분노하기도 하지만, 의사를 가장 믿고 따르는 사람들이기도 하다. 불신의 시대에 라뽀(rapport), 즉 의료진과 환자 간의 친밀감은 사라졌다고들 하지만, 진부한 말이긴 해도 아직 진심이 통할 여지는 남아 있다. 그렇지 않다면 희망을 갖고 싶은 환자에게 더 이상 할 수 있는 항암 치료가 남아 있지 않다며 수차례 쐐기를 박았던 나를 만나서 마음이 놓일 리가 없지 않은가. 어떻게든 살고 싶지만 방법이 없다는 슬픔을 내가 이해한다는 것을 그녀도 알기 때문에 가능한 일이라고 믿는다.

환자를 돕고 싶은 의료인의 진심이 전달되지 못하는 장벽, 동시에 그들이 인간답게 일할 수 없게 하는 장벽을 조금씩 걷어갈 때, 병원은 아픈 몸만큼이나 다친 마음도 치유받을 수 있는 공간이 될 것이다.

당신의 부모라면 어떻게 하겠습니까?

"선생님의 부모라면 어떤 결정을 하시겠습니까?"

환자 또는 가족들에게 종종 듣는 질문이다. 암은 젊은 사람도 많이 걸리지만, 주로 고령자의 질환이다. 암에 걸리는 이들은 대부분이 30~50대 청장년층의 부모 세대인 60~80대이다. 40대의 부모를 암으로 잃는 경험은 흔치 않지만, 70~80대의 부모를 암으로 잃는 경우는 흔하고 앞으로 더 많아질 것이다.

노인의 암 치료는 결정이 어렵다. 수술이나 방사선치료, 항암 화학 치료 모두 신체적 부담이 만만치 않은데 몸은 쇠약하니, 치료의 이득에 비해 위험이 큰 상황인 것이다. 자칫 치료의 부작용으로 고생하거나 삶의 질이 더 나빠질 가능성이 높기 때문에, 환자도 가족도 의사도 고민이 많을 수밖에 없다.

특히 단기간에 끝나지 않고 수년이 걸리는 항암 치료는 더 고민이 된다. 치료를 할 것인가, 말 것인가? 치료를 한다면 어떤 약으로 할 것인가? 젊은 환자라면 당연히 효과를 우선에 두고 선택하겠지만, 노인 환자는 효과가 조금 떨어지더라도 부작용의 위험이 적은 방법을 택하기도 한다. 당뇨, 고혈압 등의 만성질환이 있는 경우도 많아서 이 역시 고려해야 한다. 무엇보다 보호자의 돌봄 의지와 조건(월 1, 2회 병원 방문, 일상생활 관찰 및 보조, 문제 발생 시 즉시 응급실행, 자녀와 거주지가 가까운지, 또는 함께 사는지 등)이 치료를 결정하는 데 있어서 중요하다. 부모를 큰 병원에 모시는 게 효도가 아니다. 환자가 지속적으로 병원에 다닐 수 있도록 보살필 수 없다면, 아무리 크고 최신식의 시설을 갖춘 병원이어도 막상 환자에게는 큰 도움이 되지 않는다. 규모가 작더라도 환자가 다니기에 편하고 가까운 병원을 선택하는 것이 더 낫다.

곤란한 것은, 딱히 정답을 제시할 수 없는 상황에서 A라는 방법의 장단점, B라는 방법의 장단점에 대해 설명하고 있는데 "당신의 부모라면 어떻게 하겠느냐?"는 질문이 불쑥 들어온다는 것이다.

당신의 부모라면 어떻게 하겠느냐? 이 질문은 '당신의 부모라고 생각하고 잘 대해달라'라는 부탁, 또는 '당신의 부모여도 그런 식으로 하겠느냐'는 비난이 되기도 한다. 누구에게든 이런 대화는 상당히 부담스럽다.

일단은 답하기 어렵다. 치료에 대한 결정은 환자의 가치관, 성격, 가족구성원 간의 관계에 따라 모두 달라질 수 있으므로 의사가 '나라면 이렇게 하겠다'고 말해도 그것이 그 환자와 가족들에게 알맞은 해결책이라는 법이 없다.

이런 요청이 부담스러운 더 중요한 이유는 환자와 가족의 상황에 갑작스러운 감정이입을 요구받기 때문일 것이다. 물론 의료인에게 있어 공감 능력은 필요하고, 질병 또는 치료로 인해 환자가 겪게 될 고통에 대해 이해하는 것은 중요하다. 그러나 그 이상으로, 즉 그것이 나와 가족의 일이라고 상상하는 정도의 감정이입을 매 진료마다 하게 된다면, 그 의사나 간호사는 감정적인 소진을 훨씬 쉽게 겪게 될 것이다. 그렇게 되면 의료인으로서의 일을 제대로 수행해나갈 수 없다. 공감은 무한한 것이 아니기 때문이다.

환자나 가족의 혼란과 절망을 이해하지 못하거나 그들의 고민을 엄중하게 받아들이지 않는 건 아니다. 엄밀히 결정은 그들의 몫이며, 한 사람 한 사람의 입장에 서서 다 고민할 만큼 의사의 공감 능력이 무한하지 않기 때문이다. 의사는 객관적인 제삼자로서 평정심을 유지하고 당사자들이 자신의 상황에 맞게 결정하도록 정보를 제공하고 도울 뿐이다. 냉정하게 들리겠지만, 의료인이란 그렇게 구체적인 상황에서 자신을 분리하여 지킴으로써 다른 이들을 돕는 직업이다. 그래서 아마 원하는 답은 듣지 못할 것이다. 원론적인 대답만 돌아올 뿐. "환자마다 다 생각이나 처지가 다릅니다. 이건 제가 대신 결정해드릴 수 없는 일이에요."

그렇다면, 환자들이 질병으로 고생하고 죽어가는 상황을 매일 지켜보면서 온전히 나를 분리시킬 수 있는가? 그렇지 않다. 그렇지 않기 때문에 이 글을 쓰고 있는 것이다. 위와 같은 질문을 받을 때면, 나는 40대에 세상을 떠난 아버지보다는 곧 칠순이 되는 엄마를 떠올리게 된다.

나는 의사가 되기 전에도 엄마가 암에 걸리거나 돌아가시는 상상을 하곤 했다. 한번 겪은 일이니 또 일어날지도 모른다는 두려움이 마음을 뒤덮고, 가끔은 꿈속에서 일어나기도 한다. 그럴 때마다 심장을 싸하게 뒤덮는 고통에 휩싸여 눈물을 흘리다가 상상하기를 그만두거나 울다가 깨기도 한다. 아마도 외상후스트레스장애의 증상 중 하나인 재경험(re-experiencing)의 일종이었는지도 모르겠다.

전공의 2년 차 때 엄마가 갑작스러운 복통을 호소하셔서 응급실에 모시고 간 적이 있다. CT를 찍었는데, 간에 1센티미터 정도 되는 결절이 보였다. 처음엔 암전이로 오인해서(나 혼자 섣부르게 판단하고서는) 파견근무하던 병원으로 출근하는 동안 하염없이 울었던 기억이 있다. 결국은 간농양으로 밝혀지고 배농을 할 필요도 없을 정도로 작아서 경구 항생제만 처방받아 퇴원하는 해프닝으로 끝났지만(그래서 영상의학과 전문의의 정식 판독을 꼭 확인해야 한다)……

그러나 정작 엄마는 오래전 아빠의 죽음, 뒤이은 할머니의 죽음, 그리고 최근 외할머니와 외할아버지의 죽음까지 차례로 겪으면서 담대한 태도를 얻은 것 같다. 기본적인 건강보험공단 검진은 하시지만, 내가 일하는 병원에서 정밀 검진을 해보시라고 해도 좀처럼 응하지 않으신다. '삶을 조금 더 연장해보겠다고 병원과 의술에 아등바등 매달리느니 나 하고 싶은 대로 살다가겠다'는 엄마의 평소 지론에 따르자면, 아마 암 진단을 받아도 항암 치료를 받게 하기는 어려울 것 같다. 물론 림프종이나 유방암같이 대체로 항암 치료의 효과가 좋은 암종이거나, 일부 표적치료제나 면역치료제의 효과가 좋은 특수한 아형(亞型)의 종양, 즉 위험에 비해 치료로 얻을 수 있는 이득이 큰 상황이라면 어떻게든 설득해볼 것이다. 그래서 대부분의 환자에게 '내 어머니라면'이라고 말을 꺼내며 항암 치료를 권하기 어려운 게 사실이다. 죽음에 대한 경험, 삶에 대한 자세는 누구도 내 어머니와 똑같을 수 없기 때문이다.

간혹 "내 부모라면……"을 먼저 꺼내는 경우도 있다. 요청받는 공감이 아니라, 먼저 제시하는 공감은 부담이 크지 않다. 많이 생각해본 결과를 말하는 것이기 때문이다. 대개는 치료의 전반부가 아니라 후반부다. 진행암 투병의 길은 시작은 여러 갈래이지만 끝은 결국 한군데로 수렴되는데, 말기암 상태에서의 항암 치료, 또는 연명의료와 관련한 고민으로 끝나게 된다.

이런저런 치료를 다하고도 내성이 생겨 진행한 암에 또다시 다른 약제를 시도해보는 경우가 있다. 대개 환자의 삶에 대한 간절한 희망을 의사가 꺾지 못한 경우다. 그보다 더 나빠져서 장기 기능마저 손상되기 시작할 때, 중환자실로 옮겨 인공호흡기를 달고 투석을 하는 경우도 있다. 이제는 더 이상 가망이 없음을, 죽음이 이미 다가온 상황임을 의사가 환자에게 명확하게 이야기할 시기를 놓친 경우다. 나는 내 환자들이 이런 연명치료를 받으면서 생을 마감하기를 원하지 않으나, '더 이상 가망이 없다', '이런 치료가 소용이 없다'는 말을 하기가 어렵다.

항암제 중단, 연명치료를 받지 말자는 설득은 포기가 아니라 환자의 안위를 위하는 최선의 결정이다. 그럼에도 불구하고 마치 의사가 환자를 버리는 것처럼 받아들이는 분들이 있다. 연명치료가 도움이 되지 않는다는 상황은 이해했지만, 연명의료계획서에 서명하는 것은 마치 목숨 포기 각서에 서명하는 것 같아 망설이는 분들도 있다. 그러한 결정을 돕기 위해서 환자의 마음을 충분히 이해하고, 부모에 준한 예우와 존중을 보여주는 것 이상으로 성의를 드러내는 방법을 나는 아직 찾지 못했다.

"우리 어머니 같으면…… 그런 치료는 안 하고 싶습니다. 불확실하고 확률이 매우 낮은 희망을 믿기 보다는 지금 당장 편안하게 해드리고 싶습니다."

내 부모라도 이것이 최선이라고 말하면 대개 통한다. 그러나 종종 이렇게 말하면서 나는 본인의 의지와 무관하게 내 입에 오르내리는 엄마에게 미안한 마음이 들었다. 어느 날 말씀드렸다. 내 말 속에서 여러 번 돌아가셨노라고. 주말이면 산 타러 다니는 팔팔한 할머니인데, 환자들과 대화할 때에는 임종 과정에 든 말기암 환자 역할로 자주 등장했다고.

"뭐, 나도 너희 외할머니 돌아가실 때 담당 의사한테 몇 번 물어봤어. 선생님 어머님이면 어떻게 하겠냐고. 기관 삽관은 안

하겠다고 하더군. 그런데 투석은 그런 얘기를 제대로 안 하더라고. 그래서 그냥 하는 게 나은 건가 보다 하고 투석은 했지. 그런데 괜히 한 것 같아. 가족이 선생님이라면 어떻게 하겠냐고 물어보면 대답해줘. 그래야 위로를 받지."

"위로?"

"정말 이런 치료가 도움이 될까 싶고 해야 하나 싶은데, 안 하면 부모한테 죄짓는 것 같고…… 그런데 치료를 해도 죄짓는 것 같잖아. 그럴 땐 의사가 '자신의 입장이라면 이렇게 하겠다'고 한마디 해주면 가족들에게 위로가 되지."

"사람마다 입장이 많이 다를 수 있잖아. 뭐라고 해도 끝까지 하겠다는 사람들도 있고."

"뭐…… 그럴 순 있지만 대개는 비슷하지 않겠어? 부모가 편안한 거 말고 뭘 바라겠어. 앞으로도 엄마 많이 팔아라."

그렇게 나는 '엄마 판매권'을 획득하였고 요즘도 자주 팔고 있다.

임종에 가까운 상황에서 가족들은 환자를 대신해 선택해야 하는 경우가 많다. 환자가 먼저 결정해놓으면 가장 좋지만, 그렇지 못한 경우가 많기에. 힘든 검사와 시술을 진행할 것인지 말 것인지, 값비싼 약을 쓸 것인지 말 것인지, 중환자실에 갈 것인지 말 것인지. 나의 일이라면 단호하게 하지 않겠다고 말할 수 있는 것들도 부모님을 대신해서 선택할 때는 어렵다.

그럴 때, 연명치료를 하지 않기로 결정하고 괴로워하는 가족에게는 의사의 한마디가 크게 도움이 될 수 있지 않을까.

내 부모라도 그렇게 결정할 것이다.
잘 하셨다. 당신은 최선을 다한 것이다.

제발, 마지막 소원입니다

종양내과 외래의 초진 환자는 다 암환자다. 같은 암환자여도 병의 상태와 방문 이유가 조금씩 다르기에 약 5~10분 정도의 주어진 시간 동안 많은 것을 파악해야 한다.

처음 암 진단을 받은 환자는, 본인에게는 그렇지 않겠지만, 의사 입장에선 비교적 간단하다. 상급 종합병원이라는 내가 근무하는 곳의 특성상, 진단은 다른 병원에서 이미 내려진 상태에서 마음을 정리하고 내원하는 경우가 많다. 믿기지 않아 진단을 다시 확인하고자 오는 분들도 있다. 검사 결과를 설명하고, 필요하면 검사나 치료 일정을 잡으며 진찰은 끝이 난다.

가장 어려운 경우는 다른 병원에서 치료를 받던 분이 내원하는 경우이다. 항암제가 잘 듣지 않는다, 더 이상 쓸 항암제가 없다는 말을 듣고 이곳저곳을 알아보는 상황. 그나마도 쓸 수 있는 약이 있거나, 임상시험에 참여할 수 있거나, 간혹 수술이나 방사선치료, 고주파 시술 등 다른 방법을 써볼 수 있는 경우가 드물게 있지만, 한 병원에서 내린 말기 판정이 다른 병원에서 바뀔 가능성은 크지 않다. 설명을 하면 낙담하고 돌아서지만, '큰 병원에 가서 무엇이라도 해보지 않으면 평생 후회로 남을 것 같다'는 환자와 가족의 간절함을 뿌리치기 어려울 때도 많다. 그럴 땐 어떻게 해야 할까.

A대학병원에 입원 중이라는 50대 남자의 부인이 외래를 방문한 적이 있다. 가져오신 CT를 보니 전이된 암 덩어리들이 배 속을 뒤덮은 상황이었다. 수술, 방사선치료, 항암 치료를 했지만 병이 진행되어 현재 거의 섭취를 못하고 스스로 거동이 어렵다고 했다. 차트와 영상을 봤을 때 항암 치료로 좋아질 가망은 크지 않아 보였다. 말기암이며 호스피스 돌봄을 고려해야 하는 상황이라고 말씀드렸지만, 보호자는 '환자가 이 병원에 너무나 오고 싶어 한다, 여기서 항암 치료를 다시 해보고 싶어 한다'며 입원시켜 달라고 반복하여 요청했다. 일단 다음 환자를 보기 위해 입원 지시를 할 수밖에 없었다.

병실이 필요한 다른 환자들도 많은데, 입원해서 통증 조절과 수분 공급 외엔 할 수 있는 것이 없어 보이는데…… 환자가 입원하면 호스피스 병원으로 바로 전원시킬 작정이었다. 환자가 투병 과정에서 다른 병원에 가볼 걸 하는 후회를 하게 되면 그게 가족들에게도 죄책감으로 남게 되니, 이곳에 오고 싶어 하는 환자 마음만이라도 풀어주자는 생각이었다. 한편으로는 기나긴 입원 대기 기간 동안 포기하기를 내심 바랐다.

그러나 환자와 가족은 몇 주에 이르는 대기 기간 동안 포기하지 않았고, 어느 금요일 늦은 오후에 입원했다. 오후 5시가 넘어서 전공의 선생님이 난감했던지 메시지를 보내왔다. 전신 상태가 너무 나쁘다고. 혈액검사 수치만 봐도 엉망이었다. 순간 짜증이 치밀어올랐다. 왜 말기 돌봄이 필요한 환자가 상급 종합병원의 치료를 고집하는가. 왜 가망도 없는 몸에 헛되이 집착하는가. 왜 치료 가능한 환자에게 쓰여야 할 의료진의 노동력과 정신력을 낭비하도록 만드는가. 왜 응급실에서 대기하고 있는 환자가 갈 수도 있었던 자리를 빼앗는가. 왜 국민들의 피땀이 어린 건강보험공단의 돈을 낭비하는가.

그러나 주말이 지나기 전에 한 번은 환자를 봐야할 것 같아서, 바로 퇴근할 수 있도록 옷과 가방을 챙겨들고 가운을 입은 채 병동으로 향했다.

환자는 원하던 병원에 와서 그런지 안심하는 듯한 눈빛이었다. 소의 눈. 몇 번 본 적도 없는 소의 눈망울을 닮았다는 생각을 했다. 도살장으로 끌려가기 직전까지 누구도 의심하지 않는 성실하고 정직한 소의 눈. 혈액검사와 신체검진 소견은 의식이 떨어져도 이상하지 않을 위독한 상태였지만, 다행히 의사소통은 가능했다. 일단 혈액검사상의 전해질 이상과 감염증을 먼저 조절해보자, 조금 편해질 수 있는 방법을 찾아보겠다고 환자에게 말하고, 부인을 병실 밖으로 불러서 설명을 했다. 위독한 상태이며 항암 치료는 불에 기름을 붓는 격이라고. 원하는 건 항암 치료가 아니라 편안하게 계시고 싶은 것 아니냐고. 항암 치료를 고집할 줄 알았던 보호자는 의외로 쉽게 수긍했다. 오고 싶던 병원에 오게 되어 환자의 소원은 풀어주었다고 생각하니 마음이 놓인 걸까. 아니면 기다리는 동안 점점 나빠지는 환자를 보며 상황을 받아들이게 된 걸까.

전해질 교정과 항생제 치료를 시작했지만, 환자는 이틀 후 임종하였다. 처음이자 마지막으로 보았던 그의 눈. 그의 눈을 바라보며 상급 종합병원 의료진의 노동력도, 부족한 상급 병원의 병실도, 국민건강보험공단의 돈도, 어느 정도는 이루어질 수 없는 소망에 낭비하라고 있는 것이 아닌가 싶다는 생각을 했다. 사람의 일이니까. 사람이란 누구나 예외 없이 불완전하나 그럼에도 불구하고 가치를 매길 수 없이 소중한 존재니까.

응급의학에는 '트리아지(triage)'라는 개념이 있다. 우리말로는 '중증도 분류' 또는 '중증도 판정'이라고 번역될 수 있는데, 중증도에 따라 치료의 우선순위를 정하는 것이다. 가장 위중한 환자를 먼저 집중적으로 치료하고, 경증 환자는 상대적으로 순위가 밀린다. 응급실에서 치료가 늦어진다고 불평하는 이들에게 우리는 어쩔 수 없다고 말한다. 제한된 인적·물적 자원을 효과적으로 사용하기 위한 방편은, 선택과 집중이 될 수밖에 없다. 경증 환자를 치료하느라 중증 환자의 생명을 위험에 빠뜨리는 것은 정의(justice)가 아니기 때문이다.

불편한 것은, 치료에도 불구하고 사망 가능성이 높은 환자는 과감히 포기하는 것도 트리아지의 일부분이라는 것이다. 트리아지는 19세기 유럽의 전쟁터에서 태동되어 재난의학에서 정립된 시스템으로, 환자를 크게 세 그룹으로 나누는 것에서 시작되었다고 한다. 어쨌든 살 환자. 치료를 해야 살 환자. 그리고 어쨌든 죽을 환자. 죽음에 임박한 부상병에게서 손을 거두어 살 수 있는 장병에게 집중하는 것이다. 트리아지 시스템에는 죽음에 임박한 것이 자명하거나, 치료를 해도 죽을 가능성이 매우 높은 중증 환자를 분류하는 'expectant'라는 카테고리가 있다. expectant. 뭔가 좋은 일을 기대한다는 뜻의 형용사이지만 이때 기다리고 있는 것은 죽음이다. expectant 그룹으로 분류되면 진통제 등의 증상 완화치료를 제공받지만, 생명을 유지하는 긴급 치료의 우선순위에서는 제외된다.

문제는 현대의 응급실에서는 중환자 의학이 발전하면서 '어쨌든 죽을' 환자로 여겨졌던 이들이 살아나는(그러나 기계로 호흡과 심박동만 유지하는) 일들이 생기고, 트리아지 시스템에도 종종 혼란이 발생한다는 것이다. 실제 대부분의 응급실에서는 죽음이 자명해 보이는 환자도 포기하기가 어렵다. 각종 장기가 암세포로 뒤덮여 있어 기능을 하지 못하는 말기암 상태인데, 심폐소생술, 중환자실 치료, 투석 등 중환자의 생명을 유지하기 위해 자원을 쓰는 경우가 생긴다. 그러나 그들에게 '살 수 있는 사람에게 투입될 자원을 잠식한다'고 비난할 수 있을까?

누구도 죽어가는 이들의 간절함을 외면하거나 비난할 수는 없을 것이다. 두꺼운 외부 병원 차트 속의, 전공의의 카톡 속의, 혈액검사 수치를 보여주던 모니터 속의 환자에게 나는 속으로 맘껏 짜증을 냈다. 부족한 의료 자원을 잠식하는, expectant로 분류되어 마땅한 환자. 그러나 막상 환자의 눈을 마주한 나는 그럴 수 없었다. 그의 눈에 담긴 간절함, 기대감, 안도감을 보았고, 그가 왜 이곳까지 오게 되었는지 조금은 이해할 수 있을 것 같았기 때문이다. 그가 나에게 몸을 맡긴 이상 나의 소명은 그의 존엄을 지키는 것이고, 그것은 그의 입원으로 인해 입원 대기 순서가 밀리거나 배제된 불특정의 환자보다 우선한다. 그러나 이것이 과연 공정한가, 지금 당장 병실이 없어 응급실에서 대기하거나 다른 병원으로 전원을 가야 하는 다른 환자의 입장에선 어떨지를 묻는다면 뭐라고 해야 하나.

나는 일개 의사이지 법철학자가 아니기 때문에, 공정함이란, 또는 정의란 무엇인가에 대해 논증할 능력이 없다. 죽어가는 개인의 간절함과 사회의 정의가 정확히 공존하기 어려운 윤리적 딜레마를 겪으며 조금씩 생각해온 나의 답은, 그 간절함의 방향을 자기 자신에게로 돌리는 것이었다. '저곳에 가면 나을지도 모른다'는 막연한 기대는 수차례의 좌절과 실망 끝에 만들어진 신기루인 경우가 많다. 환자가 병의 경과에 대해 이해하고 받아들일 수 있다면, 자신에게 정말 소중한 것이 무엇인지 생각할 기회를 얻는다면, 무의미한 치료를 향한 기대는 한풀 수그러들지도 모른다. 그러한 '받아들임'을 돕는 것은 의료인의 역할이다. 그러나 한두 차례의 상담이나 스치듯 지나가는 외래진료로는 어렵다. 환자의 불안과 고통을 이해하는 것부터 시작해야 한다.

환자들이 현대 의학에 대해 비현실적인 기대를 하는 것은 우리나라에서만 일어나는 현상은 아니다. 외국인 말기암 환자가 우리나라에 진료를 받으러 오는 경우도 꽤 있다. 외국에서 이루어진 연구[*]에서도 동일한 현상(진행암 환자가 완치를 기대하는)이 보고되고 있기 때문에 우리 환자들만 쿨하지 못하다 나무랄 수는 없다. 다만, 경제, 교육, 문화 등 사회 전반의 자원이 서울에 모여 있는 상황에서 'Big5'라고 불리는 대형 상급 종합병원 집중 현상이 워낙 심해서 암환자들의 현대 의학에 대한 비현실적 기대가 상급 종합병원 선호라는 현상으로 더욱 두드러져 나타나는 것이라 생각한다.

비현실적인 기대가 왜 문제가 되는가? 임종에 임박한 과도한 의료 이용(aggressive end of life care), 즉 중환자실 치료나 항암 치료 등이 환자와 가족의 고통을 가중시키고, 의료비를 상승시켰다.[**] 앞서 말한 트리아지에서의 딜레마 역시 문제다. 말기암 환

---

[*] 여러 연구가 있으나 대표적인 것으로는 미국의 암환자 패널 코호트 연구(Cancer Care Outcomes Research and Surveillance : CanCORS)를 통해 분석된 결과가 있다. 이 연구에서 완화적 화학요법을 받는 진행암(재발 또는 전이되어 수술 또는 방사선치료로 근치적 치료가 불가능한 경우이다) 환자들 중 70~80퍼센트는 본인이 완치될 가능성이 있다고 믿는 것으로 나타났다. 대개 진행암 환자의 항암 화학 치료를 통한 완치율은 5퍼센트 미만이다. Weeks JC, Catalano PJ, Cronin A et al. Patients' expectations about effects of chemotherapy for advanced cancer. N Engl J Med 2012; 367: 1616-1625.

[**] 이에 대해 연명의료 중단에 관한 법률 제정 및 도입이 '의료비 절감을 위한' 것으로 종종 오해되기도 하고, 심지어 '현대판 고려장'이라 표현하는 한 의료 전문지 기사를 보고 황당함과 분노를 느꼈던 적도 있다. 이는 완화의료와 연명의료 중단에 대한 몰이해에서 비롯된 것이다. 연명의료 중단

자가 중환자실에 누워 있기 때문에 살 수 있는 외상 환자가 병상을 얻지 못해 죽을 수도 있다.

'조기 완화 의료(early palliative care)'는 이에 대한 대안으로 등장했다. 조기 완화 의료는 진행암 진단을 받은 후 항암 치료를 하다가 더 이상 쓸 약이 없을 때 완화 의료 및 호스피스 치료를 시작하는 것이 아니라, 진행암 진단 직후에 시작하는 것이다. 즉 항암 치료를 시작할 때부터 충분한 시간을 가지고 환자와 의사소통을 하고 치료의 목적과 한계에 대해 공유하며, 항암 치료뿐만 아니라 각종 신체적·정신적 증상을 관리한다. 가족에 대한 상담을 병행하는 것도 포함된다. 이것은 의사 혼자서는 할 수 없다. 완화 의료를 전담하는 의사와 간호사, 사회복지사가 팀이 되어 항암 치료를 받는 환자를 관리하게 된다. 하버드 대학교 매사추세츠 종합병원에서는 일반적인 항암 치료만 받는 환자, 그리고 항암 치료에 더해 조기 완화 의료를 통한 상담과 관리를 별도로 받는 환자들을 비교하는 임상시험을 해서 결과를 보고한 바 있다. 이 연구 결과에 의하면 조기 완화 의료는 환자의 삶의 질을 높이고 임종에 임박한 과도한 항암제 치료 비율을 줄였을 뿐만 아니라, 임종 과정의 고통을 오히려 심하게 할 수 있는

의 일차적인 목적은 환자 삶의 질 향상이지 의료비 절감이 아니다. 임종에 임박한 연명치료는 돈이 많이 들기도 하지만 실제로 환자 삶의 질 향상에 도움이 되지 않기 때문에 문제가 된다. 높은 의료 비용은 또한 경제적 고통으로 환자와 가족 삶의 질에 영향을 준다.

중환자실 치료나 심폐소생술을 받는 일들도 줄였다.[*]

우리나라에서는 어떨까. 많이 나아지긴 했지만, 각 병원의 호스피스 완화 의료팀에는 인력이 아직 부족하다. 조기 완화 의료는 고사하고 임종이 임박한 환자 상담만으로도 벅찬 형편이다. 환자와 가족들의 완화 의료 서비스에 대한 거부감도 만만치 않다. '호스피스=죽으러 가는 것'으로 지레짐작하고 상담조차 거부하는 이들도 많다. 이 병원 저 병원을 전전하다가 결국 응급실이나 중환자실에서 생을 마감하기도 한다.

환자들이 죽기 전 소원이 큰 병원에서 진료를 받아보는 것이 아니라 더 소중하고 값진 일이었으면 좋겠다. 가족과 함께 손잡고, 껴안고 대화를 나누는 일. 같이 식사를 하는 일. 추억의 장소에 가보는 일. 화해하고 사랑하는 일.

아빠의 마지막 소원은 무엇이었을까. 아빠는 다행히 임종을 앞두고 서울의 큰 병원으로 다시 가는 무리수를 두지는 않았다. 별 의미 없는 소원 수리를 했던 것은 아빠가 아니라 나였다.

[*] 하버드 대학 부속 매사추세츠 종합병원에서 일반적인 항암 치료 후 완화 의료와 조기 완화 의료를 비교한 결과, 환자 삶의 질과 질병에 대한 인식, 의료 이용 등 여러 지표가 모두 조기 완화 의료에서 향상된 것으로 나타났다. 특히 생존 기간이 조기 완화 의료군에서 더 길었던 것은 많은 연구자들에게 깊은 인상을 남겼다. 항암 치료를 덜 했는데 생존 기간은 오히려 더 길었던 것에 대해 여러 해석이 있지만, 치료로 인한 부작용 및 합병증을 피할 수 있었던 것이 생존 기간 연장의 요인일 가능성이 크다. Temel JS, Greer JA, Muzikansky A et al. Early palliative care for patients with metastatic non-small-cell lung cancer. N Engl J Med 2010; 363: 733-742.

나는 아빠에게 해드릴 수 있는 최선이 좋은 성적을 받는 것이라고 생각했다. 효도하기 위해 열심히 공부했지만 고입연합고사에서 결국 한 문제를 틀렸다. 임종하기 불과 일주일 전이었다. 아빠는 정말 기뻐하면서 병실에 들어서는 간호사와 의사를 붙잡고 자랑을 해댔다. 돌이켜보면 아쉽기도 하다. 어차피 당락이 걸리거나 인생이 좌우될 시험도 아니었는데. 그보다는 아빠랑 좀 더 많은 시간을 보내고 얘기를 나눴어야 했는데. 한 문제를 틀리든 열 문제를 틀리든, 자라나는 딸이 청소년기의 과업 중 하나를 무사히 마친 것만으로도 좋아하셨을 텐데…… 당시의 나에게는 아빠를 위해 무엇을 할 수 있을지 같이 고민해주는 사람이 없었다. 점점 병색이 짙어지는 아빠의 모습이 두려웠던 나는 그저 멀리 떨어져서 바라보는 것이 최선이라고 생각했다.

사랑하는 사람의 삶이 저물어가고 있다면, 한 번쯤은 꼭 물어보았으면 한다. 지금 당신에게 무엇이 가장 소중하냐고. 무엇을 하고 싶으냐고. 누구와 함께 있고 싶으냐고. 직접 물어보는 것이 너무 마음 아프다면, 더 늦기 전에 다니고 있는 병원 또는 인근 의료 기관에 있는 호스피스 완화 의료팀에 도움을 요청해보자.* 기꺼이 당신의 편이 되어 도와줄 것이다.

---

* 현재 전국 83개 병의원에서 국가 지정을 받은 호스피스 완화 의료팀을 운영하고 있다. 암 진료를 하는 대부분의 병원에서는 운영되고 있다고 보면 된다. 기관 리스트는 다음 웹페이지를 참고하라. http://hospice.go.kr/organ/organIntro.do?menu_no=583&brd_mgrno=

◐

건강을 도로 주소서

○ 전능하시고 영원하신 하느님 아버지,

　아버지께서는 앓는 사람에게 강복하시고

　갖가지 은혜로 지켜주시니

　주님께 애원하는 저희 기도를 들으시어

　○○의 병을 낫게 하시며

　건강을 도로 주소서.

● 주님의 손으로 일으켜주시고

　주님의 팔로 감싸 주시며

　주님의 힘으로 굳세게 하시어

　더욱 힘차게 살아가게 하소서.

◎ 아멘.

　가톨릭 기도서에 있는 '병자를 위한 기도'다. 가끔 병원 강당
에서 열리는 미사에 참석할 때가 있는데, 휠체어를 타고, 링거
를 달고 참석한 환자들을 보면 가슴이 아리다. 일반 성당에서
하는 미사와 크게 다를 바 없지만, 병원 미사는 마무리 기도로

\\\

'병자를 위한 기도'를 꼭 바친다. 참석한 사람들의 가장 간절한 소망이니까.

그러나 '낮게 하시며' '건강을 도로 주소서'라는 구절을 읽을 때면 한편으로는 등줄기가 찌르르하면서 식은땀이 흐른다. 건강을 되찾을 수 있는 환자들도 있다. 우리나라 암환자들의 5년 생존율은 70퍼센트. 이 강당에 있는 환자 중 상당수는 소망을 이룰 수 있을 것이다. 그러나 진행암을 앓는 내 환자들은 대부분 해당되지 않는다. 나는 건강을 줄 수 없는데. 주님마저도 그것을 줄 수 없을 텐데…… 종교나 병원이나 마찬가지 아닌가. 일종의 희망 장사. 아니, 희망 고문일까.

외할머니로부터 엄마에게 전해진 가톨릭 신앙으로 나와 동생들은 유아세례를 받았지만 아버지는 신자가 아니었다. 말하자면 무신론자였지만 그렇다고 신이 없다고 강하게 주장하는 것도 아니고, 그냥 신앙 자체에 큰 관심이 없는, 냉담 중인 지금 내 상태와 비슷하지 않았을까 싶다. 집안에서 종교갈등에 관한 기억은 없지만, 아버지가 나에게 '제주도에서 천주교도들이 저지른 횡포'에 대한 얘기(조선 말기에 일어난 '이재수의 난' 당시 고종 황제의 비호를 받던 프랑스 신부들과 천주교도들의 범죄행위와 토속신앙에 대한 박해였던 것 같다)를 해주셨던 것이 기억나는 것을 보면, 엄마와 우리가 성당에 다니는 것을 그리 좋아하진 않으셨던 듯하다.

그러던 아버지가 서울에서 수술을 받느라 입원해 있던 동안 병원 내 성당에서 세례를 받았다. 세례명은 베드로. 서울에서

사 오셨던 엄청나게 크고 영롱한 하늘색 묵주가 생각난다. 묵주 알 하나가 방울토마토만 했다. 엄마와 나는 주일미사나 겨우 가는 소위 날라리 신자였고 동생들은 성당에 잘 다니지도 않아 집안에 묵주기도를 올리는 사람도 없었는데…… 묵주기도를 어떻게 하는지도 몰랐을 아빠의 커다란 묵주를 볼 때마다 슬펐다. 그 어이없는 크기의 묵주알이 치유에의 갈망인 듯해서. 빛나던 이성이 죽음의 공포 앞에 고개를 숙인 것만 같아서. 아빠가 나와 같은 신앙의 세계로 접어든 것이 조금도 기쁘지 않았다.

엄마의 일기에는 아버지를 성당에 데리고 가서 고해성사를 보게 하는 장면이 나오는데, 두 분의 실랑이가 눈앞에 그려지는 것 같아 조금은 정겹기도 하다. 거의 처음이자 마지막으로 엄마는 아빠에게 뭔가 가르치는 입장이었을 것이다.

교리를 받지 않고 영세를 받았기 때문에 여러 가지 교회의 법이라든가 교리를 모르므로 내가 알려주어야 하는데도 잘 안 된다. 그리고 무엇을 알려주려 해도 꼬치꼬치 따져드는 바람에 기분이 안 난다. 신앙이라는 게 과학도 아니고, 논리적으로 증명될 수 있는 그런 것도 아니므로.

아빠는 교리를 잘 이해할 순 없었지만 자신의 방식으로 적응해갔다. 아마 죽음을 앞둔 환자에게 교회가 요구하는 것은 많지 않았을 것이므로 가능했던 것 같기도 하다.

\\\

1991년 2월 3일

오랜만에 저녁 미사를 다녀왔다. 성당에 들어서면 경건한 마음이
되고 그 속에서 미사가 진행되는 동안 평안해진다는 것만으로도
현재의 나로서는 매우 기쁜 일이 아닐 수 없다. 가능하면 자주 오고
싶다는 생각을 하면서 아이들과 함께 집으로 왔다.

반면 엄마는 종교에 이전보다 더 매달렸다. 사실 돌이켜보
면, 엄마가 위로 받을 곳은 종교와 매일 쓰는 일기 밖에 없지 않
았나 싶다. 자신이 그리 독실한 신자가 아니었음을 후회하고,
남편이 아픈데도 기도를 열심히 하지 못하는 것을 자책하기도
했다.

1991년 3월 6일

어젯밤에는 교우들이 와서 아주 열심히 기도를 해주고 갔다.
기도의 필요성을 예를 들어가며 누누이 설명해주었는데, 나는 그
사람들의 10분의 1만큼도 기도를 못하고 있는 것이다.
그럼에도 늘, 예수 마리아 요셉이여 베드로를 살려주소서, 이런
기도를 하게 된다.
당신의 도구로 쓰소서. 당신의 전능과 사랑을 증거하는 삶을 살다 갈
수 있는 기회를 허락하소서.
사랑으로 도와주소서. 당신의 팔로 감싸주소서. 더 바랄 수 없는
행운을 주소서.
주님을 아는 사람이 되게 하소서. 주님을 증거케 하소서.

1991년 3월 29일

보좌신부님께서 좋은 말씀을 하셨다.

에덴동산의 아름다운 나무와 또 하나 다른 십자나무.

고통의 십자나무를 즐거이 지고 살아가자는.

나는 지금 고통의 십자나무를 지고 가고 있는가?

남편이 바로 나의 십자나무인 셈이다.

고통을 즐겁게 참아 견디자.

주님이 나에게 주신 고통의 십자나무를 기꺼이 지고 가게 하소서.

성당에서 돌아오니 한결 평화로운 기분이 된다.

엄마는 매일같이 일기 끝에 '주여 베드로를 보호하소서'를 습관처럼 적으면서도 한계에 도달했던 어느 날엔 스스로를 '신앙의 기회주의자'라며 신을 원망하기도 했다.

1991년 9월 28일

오후 8시경에 멀건 죽을 먹었는데 소화제를 먹고도 계속 답답해했다.

얼굴은 열이 오른 사람처럼 벌겋고 가슴이 답답해 보여 등을

쓸어주고 눌러줬으나 허사였다. 설사 때문에 화장실에 두 번

다녀오고 잠시 후 진정이 되는 듯 잠이 들었다.

지금은 코를 골고 있으나 얼마나 오래 잠들런지는 모르겠다.

오랜만에 기도를 했다. 예수님, 성모님, 나의 게으름을

알아차리셨는지요? 그래서 베드로에게 더 시련을 주시는지요?

\\\

오늘은 묵주기도를 한달음에 15단씩이나 했으니 기쁘세요?

그 기도값으로 베드로에게 평화를 주소서.

나는 신앙의 기회주의자인가 봅니다.

도대체 기도가 나오질 않습니다. 손에는 묵주를 들고 머리는 다른
생각을 합니다.

전심을 다하여 기도를 했으면 들어주셨을지도 모르건만.

주님, 당신의 뜻이 아직 아닙니까?

베드로를 데려가실 날이 아직 안 되었습니까?

당신 맘대로 하라고 제가 허락했잖아요. 더 이상 고통 속에 방치하지
말아주소서.

그를 당신의 품으로 부르소서. 천당문을 지키는 베드로 성인에게
문을 열게 하소서. 문을 열어 그를 불러들이소서. 제발.

　　우리나라에서 종교는 기복신앙이다. 신에게 정성을 바치고
돈을 바치면 그만큼 복을 내려주는 것. 개신교도 불교도 그렇고
가톨릭도 예외가 아니다. 특히 그리스도교에서는 끊임없이 원
죄를 강조하며 '죄 사함을 받기 위해 회개하고 열심히 기도해야
한다'고 한다. 많이 기도할수록, 많은 헌금을 낼수록 많은 행복
을 누릴 수 있다는 신념. 그러나 그 신념은 자연스레 불행을 겪
을 때 자신의 정성이 부족하였음을 느끼고 죄책감을 가지게 되
는 방향으로 갈 수밖에 없다. 과연 이것이 진정한 종교일까? 차
라리 맘껏 신을 원망했던 날, 종교는 비로소 엄마에게 무엇인가

를 해준 것이 아닌가 싶다. 남편의 고통을 끝내고 이제 그만 데려가라는 절규를 받아줌으로써 인간의 고통을 함께하는 신의 역할을 해준 것이 아닌가…….

영적 돌봄(spiritual care). 죽어가는 환자를 돌볼 때 꼭 필요한 요소라고 한다. 세계보건기구에서는 완화 의료를 "생명을 위협하는 질병에 걸린 환자의 신체적·정신적·사회적·영적 고통을 예방하고 완화하여 환자와 가족 삶의 질을 향상하는 접근법"이라고 정의하고 있다.* 신체적·정신적·사회적인 고통은 대략 알겠지만, 영적 고통이라니 무슨 뜬구름 잡는 소리인지 싶었다. 불안, 우울 같은 정신적 고통과 무엇이 다른지 구분이 잘 가지 않았다.

그러다 인터넷에서 접한 한 호스피스 담당 신부님의 강의 슬라이드** 속 '영적 고통의 특징'에 엄마가 겪었던 마음의 변화들이 고스란히 담겨 있는 것을 보게 되었다. 삶과 죽음의 의미에 대한 의문, 하느님에 대한 분노와 원망, 고통의 의미에 대한 질문, 믿음에 대한 내적갈등의 표현. 죽음에 가까워지고 신체적 존재가 소멸되어가는 과정에서 환자와 가족들은 당연히 그 의미와 가치에 대한 질문을 하게 되는데, 나는 그것은 '죽음을 받

---

* http://www.who.int/cancer/palliative/definition/en
** 암환자를 위한 영적 돌봄, 서울성모병원 호스피스 담당 고형석 신부의 강의 자료. https://www.slideshare.net/rlfqjt/ss-3853096

아들이지 못해 괴로워한다'는 단순한 부정(denial), 즉 그저 널리 알려진 암환자의 심리 변화의 첫 단계*, 정도로 여겼었다. 그러나 내 삶이 어떤 의미가 있었다고 인정할 수 있어야 죽음을 받아들일 수 있지 않을까. 그것을 도와주는 것이 영적 돌봄이 아닌가 싶다.

영적 돌봄에서의 '영(靈)'은 한자로는 주로 혼령, 유령 같은 단어를 구성하는 글자여서 샤머니즘적인 요소가 강하게 느껴진다. 현대 의학에 기반하여 죽음을 이해하는 입장에서는 단어 자체부터 큰 장벽이다. 하지만 영어인 'spirit'으로 바꿔보면 신비주의적인 색채보다는 인간의 정신과 의지에 좀 더 가깝게 느껴진다. 실제로 영적 돌봄은 반드시 종교적 돌봄만을 의미하지는 않는다. 죽음과 상실에 대한 저명한 상담가이자 작가인 데이비드 케슬러가 쓴《생이 끝나갈 때 준비해야 할 것들》에서는 죽어가는 이가 추구하는 영성(spirituality)을 '마지막 탐험'이라 일컫는다.

영성을 추구하는 것은 평화와 안정을 누릴 수 있는 곳을 찾는

일이다. 많은 사람들이 생의 마지막 장에 접어들면 그런 곳을 찾기

---

* 미국의 심리학자인 엘리자베스 퀴블러-로스가 정의한, 죽음을 마주하는 환자가 겪는 5단계의 심리 변화(부정→분노→타협→우울→수용)를 말한다. 암환자의 심리를 이해하는 데는 도움이 되지만, 모든 환자를 이 틀에 맞추어 이해하려는 기계적인 시도는 적절하지 못하다는 비판도 있다. 모든 것을 암기해야 했던 의과대학 시절엔 이 5단계를 외워서 쓰는 아무 의미 없는 시험을 보기도 했다.

시작한다. 종교나 각자 나름대로의 방식으로, 또는 두 가지 모두의 방식으로 동시에 영성을 추구할 수 있다. 어떤 방식을 선택하든 심지어 그것이 '잘못된 방식'이라고 생각되어도 당사자의 선택을 존중하고 지지해주어야 한다. 이 마지막 탐험은 죽음을 앞둔 사람을 위한 일종의 통과의례인 것이다.*

　이 책에서는 영성을 추구하는 길이 단순히 모든 고통과 갈등을 억지로 덮고, 단순히 평화와 안정을 갈구하는 것이 아니라, 표현→책임→용서→수용→감사의 다섯 단계를 경험함으로서 이루어진다고 이야기하고 있다. 그중 '표현'의 단계에서는 죽음을 마주한 상황에서의 분노나 다른 여러 부정적인 감정들도 밖으로 끄집어내어야 해소되고 치유된다고 하는데, 엄마가 일기장에 적은 신에 대한 원망의 단어들도 결국은 영성을 추구하는 마음의 평화에 도달하기 위한 과정이었을 수도 있겠다. 엄마가 데이비드 케슬러 같은 사람에게 영적 도움을 받을 수 있었다면 그 감정들을 좀 더 표현하고 정리해볼 수 있었을 것 같다.

　신에게 화를 낸다는 것은 절대 있을 수 없는 일이라 생각하는 사람이 많다. 그렇지만 자신의 감정을 인정하지 않으면 치유될 수 없다. 나는 죽음을 앞둔 사람이 자신의 분노를 말로 표현하도록 도왔고,

* 데이비드 케슬러,《생이 끝나갈 때 준비해야 할 것들》, 유은실 옮김, 21세기북스, 2017, 179쪽

심지어는 야구방망이로 침대를 내리쳐 분노를 표현하도록 한 적도 있다. 신은 우리가 사랑하기 위해서 자신의 감정을 표현하고 발산할 필요가 있다는 것을 충분히 이해한다.*

하느님은 기도와 헌금을 받은 만큼 도와주시는 것이 아니라, 모두를 사랑하고 돌보며 우리 곁에 있다고 누군가 엄마에게 말해주었다면…… 질병으로 인한 고통은 잘못에 대한 대가, 또는 치유되기 위한 대가가 아니며, 질병 자체의 경과로 인한 것이고 의료진은 그 고통을 줄이기 위해 최선을 다할 것이라고 담당 의사가 말해주었다면…… 그랬다면 아빠와 엄마의 마음은 한결 가벼워졌을 것이다. 암으로 인한 죽음 자체가 신의 뜻이 아니며, 죽음의 이유를 생각하며 시간을 보내기보다는 그동안 서로 사랑하고 함께하는 것이 하느님의 뜻이라고 누군가 위로해주었다면, 우리는 아마도 더 많은 시간을 같이 나누고자 노력했을 것이다.

2009년 미국의사협회지(JAMA; Journal of Amerian Medical Association)에는 다소 받아들이기 껄끄러운 내용의 논문이 실렸다.** 암

---

*   같은 책, 180쪽.

**   Phelps AC, Maciejewski PK, Nilsson M et al. Religious coping and use of inten-
sive life-prolonging care near death in patients with advanced cancer. JAMA
2009; 301: 1140~1147.

을 진단받고 겪는 신체적·정신적 변화와 어려움을 종교의 힘으로 극복하려는 경향이 높을수록, 즉 소위 신앙심이 깊을수록 오히려 말기 상황에서 중환자실 이용 등의 무의미한 연명치료를 택할 확률이 높다고 보고한 것이다. 죽음을 받아들이고 평화롭게 삶을 마감할 수 있도록 돕는 것이 종교라고 여겨왔는데, 왜 오히려 종교에 의지할수록 고통스러운 죽음을 택하게 되는가? 연구자들은 이를 종교가 주는 잘못된 신념 때문일 수도 있다고 조심스레 지적한다. 신이 불치병을 낫게 해준다는 기적을 바라는 마음, 연명치료를 받지 않으면 목숨을 포기하는 것이고 신이 주신 생명을 경시하는 것이라는 믿음.

가끔 회진을 하러 병실에 들어갔다가 환자를 둘러싸고 기도하고 있는 이들을 보고 뒷걸음질할 때가 있다. 그럴 때면 성직자나 교우들이 혹시나 섣부르고 손쉬운 위로나 격려를 해서 환자의 마음을 흔들어놓으면 어떡하나 걱정도 된다.

"열심히 기도하면 나아지실 거예요."

"주님이 돌봐주고 함께 싸우실 것이니 긍정적으로 생각하고 용기를 내세요."

힘든 수술을 받고 회복 중에 있는 환자에게는 충분히 도움이 되는 말들이다. 그러나 죽어가는 환자에게 말을 할 때에는 좀 더 깊은 이해와 배려가 필요하다. 죽어가는 이들을 돌보는 일에 익숙한 성직자들은 이에 대해 잘 알고 있다. 모현 호스피스 간호팀 코디네이터 권오숙 수녀님에 의하면, 차라리 손을 잡고 침묵하는 것이 나을 때도 있다고 한다.

본인은 (죽음을) 받아들이고 준비를 하는데, 오히려 가족이나 주변 친지들이 힘내라고, 먹어야 산다고 그래요. 이런 유혹을, 이런 공모를 방지하려면 환자와 함께 가족도 돌봐야 합니다. 죽음과 맞닥뜨리기 힘든 것은 진실도 맞닥뜨리기 힘들게 합니다. 사랑하고 죽어가고 삶의 자연스러운 것들을 가리거든요. "힘내! 그렇지 않아!" 그러면 하고 싶은 이야기를 못 해요. 그래서 가족 상담이 절대적으로 필요합니다. 그럴 때 가족들한테 "거짓말은 하지 마라, 차라리 침묵해라!" 그래요. 침묵도 힘들어요.*

그럼에도 불구하고, 나 역시 오늘 호스피스로 떠나는 환자에게 건강하시라는 말을 건네고 말았다. '건강을 도로 주소서'라는 기도문에 담긴 삶에 대한 갈구는 역시 인간의 본능이라 어쩔 수 없는 것인지…… "몸도 마음도 평안하시길 빕니다" 한마디를 마음에 담고 입에 붙이도록 의식적으로 노력해야겠다고 생각하며 성 프란치스코의 '평화의 기도'를 되뇌어본다.

위로받기보다는 위로하고
이해받기보다는 이해하며
사랑받기보다는 사랑하게 하여 주소서
우리는 줌으로써 받고
나를 잊음으로써 나를 찾으며

* 〈가톨릭뉴스 지금여기〉, 2010년 1월 20일.

용서함으로써 용서받고

죽음으로써 영생을 얻기 때문입니다.

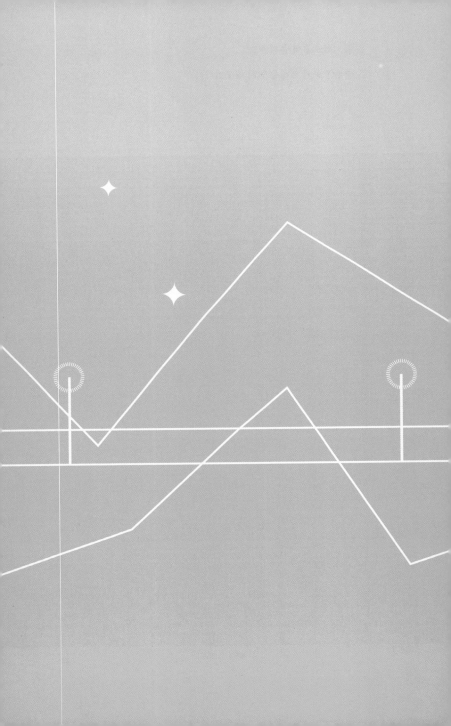

삶은 잠시도 멈춘 적이 없습니다

♯3

― 엄마가 되어

\\\

◗

부모의 마음

어린아이를 볼 때마다 귀여워 어찌할 줄 몰라 하고, 먼저 말을 걸고 놀아주는 어른들이 있다. 한편 아이가 있으면 쭈뼛대다가 아이에게 말을 걸어도 관심을 끄는 데는 실패하는 그런 어른이 있다. 나는 후자였다.

그런 성향이 전공을 정하는 데에도 적지 않은 영향을 미쳤다. 환자를 진료하는 일을 하고 싶긴 한데, 임상 진료과 중 어린이를 진료하지 않는 과가 의외로 몇 없기 때문이다. 거의 대부분의 진료과에서는 진료 대상을 어린이와 어른으로 나누지 않는다. 성인, 적어도 청소년 이상 연령만을 진료하는 과는 딱 세개다. 내과, 신경과, 산부인과. 신경과는 인턴을 돌고 나서 흥미가 사라져서 제외했고, 산부인과는 마지막까지 고민했지만 결국 적성이 외과 계열은 아니라는 생각에 내과로 정했다.

어린이를 진료하는 것이 두려운 이유는 부모 때문이다. 어린이 환자를 본다는 것은 부모의 불안과 마음의 고통까지 마주하고 안아야 한다는 것을 의미한다. 어른을 진료할 때도 가족들을 헤아려야 하는 것은 당연하지만, 배우자나 자녀의 마음과 부모의 마음은 같지 않다. 성인이 된 자녀를 둔 부모 마음과 어린 자녀를 둔 부모의 마음도 약간 결이 다르다. 어린이의 부모가 된다는 것은 자신의 보호 없이는 살아갈 수 없는 작은 생명의 눈물, 고통, 취약함을 제 것같이 느껴야 한다는 것이다. 작은 생명의 그것을 떠올리기만 해도 날카로운 비명소리를 마음속으로 내지르게 되는, 때로는 이성을 잃기도 하는 세상에서 가장 약한 인간이 되는 일이다.

내가 부모가 아니었을 때는 부모가 된다는 것이 약해지는 것이라는 사실을 몰랐다. 오히려 강해지는 것인 줄 알았다. 아이를 위해서라면 그 무엇도 할 수 있는, 때로는 무례해지거나 타인에게 피해를 줄 수도 있는 그런 사람이 되는 줄 알았다. 그래서 인턴 시절 응급실에서 어린이의 상처를 꿰매다가 손이 떨렸다는 이유로 아이 아버지가 병원장을 찾아대며 난동을 부렸을 때, 아이의 팔을 붙잡고 혈관에 주사 놓기를 몇 번의 시도에도 실패하여 격분한 부모에게서 험한 말이 나오게 만들었을 때, 아이를 진료하는 과를 선택하지 않는 것은 물론, 부모 따위는 절대 되지 않으리라 다짐했었다. 인내력이 쉽게 바닥날 수밖에 없는 그들의 한계를 이해할 수밖에 없으나, 그렇다고 부족한 의료시스템을 대표하여 그들의 분노를 감내해야 하는 나 개인의 두려움과 상처를 당연한 것으로 인정할 수는 없었다(20년 전 일이고, 지금 대부분의 응급실에서는 어린이의 상처 봉합이나 혈관주사를 인턴에

\\\

게 맡기지 않는다. 의사이지만 피교육자이며 병원 위계질서에서 가장 아래에 있는 인턴에게 맡기기에는 쉽지 않은 일이기 때문이다). 언제나 누구에게 나 공정하고 이성적으로 대할 수 있는 사람이 되고 싶었다. 내 아이의 안위만이 다른 어떤 것보다 소중해야 하는, 그냥 그럴 수밖에 없는 사람이 되기 싫었다.

내과의사가 되어 어린이 환자를 진료하는 일은 안 해도 되었지만(종합병원과는 달리 개업의는 소아 환자도 보는 경우가 있다), 어느새 부모가 되어 있었다. 엄마가 된 나는 예상보다 아이와 잘 논다. 내 아이여서이겠지만, 아이와 놀기를 나도 즐기게 될 줄은 몰랐다. 가끔 외래진료실에서 환자를 따라온 손자 손녀들에게 "안녕!"하고 명랑하게 인사를 하는 것도 자연스러워졌다(진행암을 앓는 젊은 환자의 자녀에겐 마음이 아파서 아직 잘 못하겠다. 그들의 운명을 알기에 울컥 눈물이 나올까 봐).

부모가 되어 달라진 또 다른 점은, 안 그래도 많던 눈물이 더 많아지고, 잔혹한 영화나 사건 사고 뉴스를 보지 못하게 되었다는 것이다. 학교 폭력 뉴스도 잘 못 본다. 유족들에게 죄송하게도 세월호 뉴스는 너무 고통스러워 외면한 적도 많았다. 병원에서 동자승 같은 머리를 한 소아암 환아를 보기만 해도 눈물이 나올 때도 있었다. 아프고 힘들고 죽어가는 모든 어린이와 청소년의 자리에 내 아이들이 대입되는 이상한 경험을 자꾸 한다. 어린이를 진료하지 않는 과를 선택한 것은 이전과는 다른 이유로 다행스럽게 여겨졌다. 부모로서 살아가는 것이 이렇게 취약

한 일일 줄이야(물론 소아과의사들은 부모로서의 자아와 의사로서의 자아
를 구분할 줄아는 프로다).

　부모라고 해서 모두가 공감 능력이 커지는 것은 아니다. 세
상 아이들의 고통을 보아도 "괜찮아 내 아이들은 그렇지 않을
거야"라고 생각하면 그만인 사람들도 있다. 지하철 스크린도어
를 수리하다가 사고로 죽은 청년의 처지를 내 자식 일처럼 안타
깝게 여기는 것을 위선이라며 비웃는 고위 공무원도 있었다. 보
지 않으면, 겪지 않으면 공감하지 않아도 된다. 마음이 아플까
봐 세상의 고통을 애써 외면하면 어느새 아무렇지도 않게 될지
도 모른다.

　응급실에서 소리지르던 아버지의 분노의 근원은 불안이었
을 것이며, 그 아버지에게 응급실의 의료진은 개인이 아니라 거
대한 시스템의 일부였을 것이다. 그러나 그 시스템의 일부도 사
람이다. 응급실의 간호사와 의사 역시 누군가의 소중한 자녀이
며 가족이다. 화장실도 가지 못하고 일하면서 종종 머리채나 멱
살을 잡히기도 한다는 사정을 모를 것이고, 사실 알 필요도 없
긴 하다. 그들보다는 내 아이가 소중한 것은 어쩔 수 없다.

　그러나 내 아이가 아파 응급실에 갔을 때는 그럴 수가 없었
다. 나에게 병원은 흔히 사람들이 생각하듯 약한 개인 앞에 고
고히 서 있는 시스템이 아니다. 나와 다를 바 없는 사람들의 몸
과 마음을 갈아 넣어 간신히 굴러가는 낡은 열차와 같다는 것을
안다. 나도 그 열차의 부속품 중 하나이니까. 기침과 열에 시달

리며 호흡이 가쁜 아이를 근처 병원 응급실에 데리고 갔을 때(내가 일하던 병원은 암환자만 진료하는 병원이어서 다른 병원에 갈 수밖에 없었다), 지친 얼굴의 간호사가 몇 번이나 채혈에 실패하여 내 아이의 오동통한 팔에 멍이 들 때, 쉼 없이 울어대는 아이의 목에서 가래 끓는 소리와 쇳소리가 하염없이 흘러나올 때 가슴이 미어졌지만 차마 볼멘소리는 할 수 없었다. 채혈과 주사 놓기에 성공한 그가 동료에게 "명절 연휴 같았어…… 오늘 100명 넘게 본 것 같아"라고 속삭였을 때, 입원을 위해 항생제 피내반응검사를 하느라 또다시 살갗을 찔려 자지러지게 울음을 터뜨리는 아이를 달랠 때 오히려 마음은 가라앉았다. 그 정신없는 풍경과 소리가 나의 일상이 아닌 것은 밤을 지켜주는 이들이 있기 때문이다. 내일 봐야 할 외래진료를 생각하며 병실 침대에 아이와 누워 쪽잠을 자더라도, 아이의 숨이 가쁠 때 도와줄 사람들이 가까이 있다는 것에 감사할 수밖에 없었다.

사람들은 아이를 키운다는 것을 흔히 내 아이를 험한 세상으로부터 지켜내는 것으로 생각한다. 각종 범죄자들로부터, 학교 폭력으로부터, 개념 없는 교사로부터, 그리고 초짜 인턴의 서투른 손으로부터 내 아이를 보호하고 안전하게 지켜내는 것이 부모의 역할이라 여긴다. 동시에 사람들은 한없이 약한 존재를 낳고 보살피며, 그 존재를 통해 세상을 바라보며 타인의 감정과 더 많이 공명하게 되기도 한다. 많은 부모들이 이미 그러하다. 그렇지 않다면 그토록 많은 사람들이 세월호의 노란 리본을 달았을 리 없을 테니까.

아빠가 우리를 두고 세상을 떠나야 했을 때 그는 험한 세상에서 우리의 바람막이가 되어주지 못하는 것을 슬퍼했을 것이다. 그러나 이제 부모가 된 나는 아빠에게 말할 수 있을 것 같다. 세상의 모든 사람들이 약함의 결을 섬세하게 느끼고 아파하는 부모의 마음으로 산다면 세상은 그렇게 험한 곳만은 아닐 것 같다고. 나도 그 마음을 간직하고 살아가겠노라고.

\\\

나는 네 편이다

"의사들은 '요즘은 예전만큼 못 번다, 힘들다' 얘기해도 자기 자식들은 웬만하면 의대에 보내더라. 의사가 좋긴 좋은가 봐."

엄마가 내가 의대에 가기 전에 했던 얘기다. 나중에 엄마에게 '자식이 의사인 게 좋은 것 같냐'라고 물어보았다. 자식이 힘들게 사니 안타깝단다. 외가 친가 통틀어도 집안에 의사는 내가 처음인데, 큰 병원에 있으니 오히려 일상생활에서 가족, 친지들에게 도움이 될 만한 일을 한 적은 별로 없다. 외할머니가 돌아가셨을 때 근무하는 병원의 장례식장에 직원 할인을 받아 모신 것이 아마 가족들에게 해준 가장 좋은 일이었을 것이다.

엄마 말씀대로 대를 이어서 의업에 종사하는 이들이 적지 않다. 많은 동료 선후배의 부모님이 의사다. 점점 의료를 둘러싼 사회환경은 어려워지고 의사에 대한 신뢰도 예전 같지 않은데, 왜 자녀들이 의대에 가는 것을 말리지 않았을까. 왜 의대 진학 경쟁률은 하루가 다르게 치열해지는 걸까.

의사로 살아가는 것도 녹록지 않으나, 회사원은 물론이고 다른 전문직이나 프리랜서로 살아가는 것 역시 힘들긴 마찬가지다. 의사 면허의 권위가 땅에 떨어졌다는 탄식은 나도 여러 번 했지만, 냉정히 살펴보면 이 정도의 독점과 권위를 인정하는 면허를 찾기 쉽지 않은 것도 사실이다. 그걸 알고 있는 의사들은, 특히 자신을 흙수저로 여기는(아무래도 의사 중에는 부유한 집안 출신들이 많다 보니 상대적인 박탈감을 느끼기가 쉬운 환경이다) 이들은 전문직 엘리트 집단에서 낙오되면 끝장이라는 불안감이 있고, 그래서 자녀 교육에 더욱 열심인 경향을 보이는 것 같다. 나 역시 예외는 아니다.

아들은 유치원에 다니던 대여섯 살 때 의사가 되겠다고 해서 나를 당황시켰다. 의사가 되라고 얘기한 적은 한 번도 없었는데…… 처음엔 내가 일하는 병원의 소아과의사가 되고 싶다고 했다. 그때 내가 일하던 병원은 암 전문 병원이어서 소아과 의사라고는 소아암 전문의밖에 없었는데, 당연히 그걸 알고 한 얘기는 아니었겠지만 어떻게 그런 생각을 하게 되었는지 궁금하기도 했다. 이 얘기를 페이스북에 올렸을 때 같은 병원의 정신과 선생님은 이렇게 말씀하셨다.

"아기가 봤던 의사는 소아과의사밖에 없을 거고, 직장에 간 엄마랑 같이 있고 싶은 마음에 엄마네 병원 소아과의사가 되고 싶다고 한 것 같네요."

아 그렇구나. 왠지 짠했다. 장래 희망이니 꿈이니 하는 것들이 뭘 의미하는지도 잘 모를 나이 아닌가. 아이의 입장에선 지금 자신의 소망을 투영했을 뿐이었던 것이다.

엄마를 통해 의사라는 직업에 어려서부터 관심을 갖게 된 아들은 자라면서 매스컴에 등장하는 병원이나 의사의 모습을 흥미롭게 지켜보곤 했다. 외과의사가 되겠다며 비누로 스크럽을 하고 수술장에 들어가는 흉내를 내는가 하면, 학교에서 심폐소생술 교육을 받고 와서는 휴대폰 배터리가 떨어지자 'CPR(심폐소생술, cardiopulmonary resuscitation을 줄여서 보통 CPR이라고 부른다)'을 외쳐 실소를 자아낸 적도 있었다. 하지만 초등학교 고학년이 되어가며 점점 본격적으로 요구되는 구체적인 진로 계획과 날로 늘어가는 학습량에 짓눌려 요즘은 다소 의기소침하다.

"의사가 되기는 힘들 것 같아요."

의사가 되고 싶다고 할 땐 당황스러우면서도 대견하고 기분이 좋았던 것은 부정할 수 없을 것 같다. 이젠 못할 것 같다고 하니 내심 걱정이 된다.

"그럼 앞으로 뭘 하고 싶니?"

뭐하고 먹고살 거냐. 너의 가치를 어떻게 증명할 것이냐. 초등학생에게 묻기는 너무 가혹한 질문인데도, 반사적으로 불쑥 나온다. 평범한 사람들의 일들이 쉽게 그 가치가 떨어지기도 하고 순식간에 없어지기도 하는, 삶이 송두리째 부정당하기 너무도 쉬운 불확실성의 시대에 내 아이가 어떻게 밥벌이를 하고 살아갈 것인가에 대한 불안은 이런 식으로 순간 아이 앞에 맨얼굴을 드러낸다. 어떻게 살고 싶니, 라고 물어봤어야 했을까. 불안을 드러내지 않고 미래를 이야기할 수 있을까. 아니, 불가능할 것이다.

"그냥 하루만 생각하고 살면 안 될까요?"

"웹툰 보고, 게임하고, '쇼미더머니' 보고, '유희왕 카드' 놀이하고?"

"네네!"

너도 나 못지않게, 아니 나보다 더 불안하구나. 미래를 생각하기가 두렵구나.

"그래도 공부는 해야지. 수학, 영어 계획 세워서 조금씩 하자. 책도 더 읽고. 알았지?"

"네……."

친구들은 중고교 수학 선행 학습을 하는데 난 뭘 하고 있나 종종 자괴감에 젖는 아이. 그는 지금 자신의 힘과 가치를 믿어 주는 누군가가 제일 필요할 것이다. 그 누군가는, 부모가 가장 먼저 되어야 하겠지.

의사가 되지 않아도 좋다. 명문대를 가지 않아도 좋다. '인서울' 못 가도 좋다. 네가 너 스스로의 가치를 믿고, 순간순간을 가득히 느끼며 살 수 있기를 바란다. 말이 쉽지, 학업 성적이 좋지 않으면 스스로를 믿기 어렵다는 것도 알고는 있다. 후회할 수 있다는 것도 알고 있다. 너에게 실망하고 너로 인해 속상할 수도 있다는 것, 너 역시 엄마 때문에 그럴 수도 있다는 것, 알고 있다. 그러나 하나만은 기억하려고 한다. 나는 언제나 네 편이다. 너도 그걸 잊지 않았으면 좋겠어. 알았지?

간호사가 되고 싶어요

"난 (의사가 된) 오빠를 돕는 간호사가 될 거야!"

지금은 초등학생인 딸이 여섯 살 때 했던 말이다. 당시 나는 고민에 빠졌다.

어떻게 반응해야 할지 정답은 알고 있었다. "간호사는 의사를 돕기만 하는 직업이 아니야. 환자를 가장 가까이에서 돌보는 전문가란다. 간호사가 된다는 건 정말 멋진 일이지!"라고 말해 주어야 한다.

그러나 우선, 간호사라는 일을 아이가 어떻게 이해하고 있는지가 문제다. 난 왜 아이의 꿈이 의사가 아니라 간호사인지, 솔직히 심란했다.

수많은 간호사들이 현장에서 열심히 일하고 있지만, 실제 필요한 역량과 전문성과는 별개로 주로 여성이 하는 수동적인 역할로 폄하되고 있기 때문이다. 이런 사회적 인식이 지배적인 가운데 아이가 간호사의 역할이 얼마나 중요하고 어려운 일인지 실제를 알기란 어려울 것이다.

혹시 오빠보다 자신을 열등하고 수동적인 존재로 여기는 것은 아닐까. '오빠를 돕는'을 앞에 왜 붙였을까. 아이는 늘 오빠의 행동과 말을 자신의 기준으로 삼고 의식하는 버릇이 있다. 우리의 양육 태도에 문제가 있는 것은 아닌지도 걱정되었다.

여기까지 쓰고 보니 간호사들에게 미안해진다. 병원에서 온갖 궂은일은 다 맡아 하면서 감사 인사보다 싫은 소리를 더 많이 듣는 이들이다. '간호사님' '선생님'보다 '아가씨'로 주로 불리고, 남성 간호사인 경우엔 당황하거나 뭐라고 부를지 몰라 호칭마저 생략하는 경우가 태반이다.

그러나 유능한 간호사 없이 의사의 진료는 무용지물이다. 예를 들어 나는 내가 처방하는 항암제의 취급 방법을 잘 모른다. 직접 만져본 적이 없다. 처방만 해봤으니까. 매뉴얼을 보면 파악할 순 있겠지만, 오래 걸린다. 그건 항암 주사실 간호사들이 제일 잘 안다. 위험할 수 있는 주사제 취급법, 환자가 나타낼 수 있는 증상과 처치법, 주사를 맞으며 불안해하는 환자를 달래는 법까지 몸에 배도록 훈련한 그 전문성과 경험에 의사는 항상 도움을 청한다. 현대 의학은 팀플레이다. 서로 분담한 역할을 잘해내며 협력하여 환자를 돌보는 것이지, 모든 것을 알고 있고 할 줄 아는 전문가 아래의 위계질서에 따르는 것이 아니다. 많은 경우 의학적 결정의 권한은 의사에게 있지만, 간호사의 정확한 보고 없이는 결정할 수 없고, 오더가 제대로 수행될 수 없다면 그 결정은 의미가 없다.

딸이 간호사가 하는 일의 가치를 잘 알고 희망한다고 해도 걱정되는 것은 마찬가지다. 교대근무로 인한 극심한 피로, 생사를 오가는 환자를 돌보며 기민하게 행동해야 한다는 심적 부담과 긴장, 그런 와중에 당연한 듯 요구되는 친절과 웃음까지. 한마디로 극한 직업이다.

많은 간호사들이 이런 노동강도를 견디기 힘들어 한창 때인 20~30대에 커리어를 접는다. 엄마도 종합병원과 기업의 보건실에서 일하던 간호사였다. 1970년대의 여느 여성과 마찬가지로 첫째인 나를 임신하면서 일을 그만두었다. 그렇게 우리나라의 12만 장롱면허 간호사 중 하나가 되었다.

30년 가까이 가정주부로 살았던 엄마는 아빠가 돌아가신 이후 우리가 대학을 졸업하고 경제활동을 하기 전까지 약 10년여의 경제적 곤궁을 버티어내야 했다. 장롱면허는 재취업에 약간의 도움이 되기는 했지만 그리 좋은 일자리를 주지는 않았다. 보건소의 임시직, 간병인, 산후조리원 간호사 등이 엄마가 거쳐온 일자리다. 본과 3학년 혈관주사를 놓는 실습을 할 때는 가정간호를 나가야 하는 엄마와 같이 집에서 연습하기도 했다. 30년간 안 하던 일을 하려니 손이 익숙지 않았던 것이다.

엄마도 자기 일을 계속할 수 있었다면 배우자의 죽음이라는 인생의 큰 역경을 헤쳐나가기가 조금은 더 수월했을지도 모른다. 직업이 주는 월급뿐만 아니라 그것이 부여하는 역할과 일정한 루틴은 세상에서 버려진 듯한 고통에서 엄마를 일찌감치 구했을 것이다.

자라나는 아이가 간호사가 되고 싶다고 할 때 기쁜 마음으로 격려할 수 있는 사회, 간호사가 직업적 전문성과 헌신에 걸맞은 존중과 존경을 받을 수 있는 사회, 결혼하고 엄마가 되고 할머니가 되어도 계속 간호사로 일할 수 있는 사회, 그런 사회를 만들기 위해 내가 할 수 있는 일은 무엇일까. 아이의 꿈은 계속 바뀌겠지만(지금은 디자이너다), 내 아이의 꿈이라고 하니 생각이 더 많아졌던 한때의 그 마음을 적어두어 좀 더 간직하려고 한다. 그리고 일단은 동료 간호사들이 밥이라도 제시간에 챙겨 먹을 수 있게 외래진료를 제때 마치고 입원 환자의 치료 결정을 신속하고 정확하게 내리는 센스를 발휘하는 데 더 신경을 써야겠다.

◗

내가 고자라니!

"내가 고자라니"는 2003년 방영된 티브이 드라마 〈야인시대〉에서 '장군의 아들'로 알려진 김두한 일당에게 저격당해 주요 부위(!)에 총을 맞은 공산당원 심영이 의사에게 이 사실을 전해 듣고 절규하는 장면에서 외친 대사이다. 나쁜 소식을 전하는 의사에게 억울하고 분한 감정을 투사하는 "의사 양반"이라는 단어도 한 세트다. 왜 이 대사가 15년이 지난 지금까지도 두고두고 회자되는지, 세월을 뛰어넘어 고전이 된 이유는 알 길이 없다. '고자'라는, 외상으로 성 기능을 잃은 비극적이고도 웃지 못할 상황이 주는 뭐라 표현하기 힘든 감정 때문에 당시 인기 있던 인터넷 커뮤니티인 디시인사이드에서 큰 반향을 일으킨 것까지는 이해할 수 있다. 그러나 이후로도 수많은 인터넷 게시물, 만화, 유튜브 동영상까지 아우르며 셀 수 없는 아류작과 변주를 거쳤고, 2006년에 태어난 아들까지도 익숙하게 받아들이는 소위 '레전드 짤'이 된 이유를, 그 누구도 그럴듯하게 설명해내긴 어려울 것 같다.

2003년이면 내가 전공의 2년 차 때였으니 그런 드라마가 있는 줄도 모르고 바빴던 시기다. 비번일 때면 몰아서 보던 만화나 웹툰에 "내가 ○○라니……"하고 비스듬히 누워 울먹이는 장면이 유난히 자주 등장하는 것을 보고 이게 뭔지 싶어 어리둥절했던 기억이 난다.

아들은 초등학교 고학년이 되면서 유튜브를 통해 이 장면과 그 아류 작품들을 접하고 소위 '고자물'에 탐닉했다. 아마도 사춘기가 되면서 성기의 변화와 성 기능의 의미에 대해 관심이 커지면서 나타나는 현상이지 않을까 싶지만, 거기에다 엄마가 마침 '의사 양반'이니 딱 농담을 걸기 좋은 소재다. 틈만 나면 나에게 '의사 양반 그게 무슨 소리요'를 재연하며 내가 사회 70점이라니(최악의 단원평가 점수를 받아와 혼난 후에), 내가 맹장이라니(배가 아프다고 해서 만져보고 소위 맹장염이라고 알려져 있는 충수돌기염일 수도 있다고 했더니 겁을 먹고 외친 말이다. 결국 단순 장염으로 판명되었다), 내가 조에서 꼴찌라니(교육장배 수영 대회에 출전하고 난 후), 내가 이 문제를 틀리다니(언제는 안 틀린 양), 이런 따위의 변주를 계속해댄다.

내가 '고자'라는 말을 처음 들은 것은 문제의 레전드 짤이 유행하기 훨씬 더 이전이다. 당사자가 고통과 좌절을 호소하고 있음에도 웃음이 터져 나오는 민망함이 이 장면의 핵심 포인트이듯, 내가 이 말을 처음 들었을 때 역시 그랬는데, 아빠의 발인 날이었기 때문이다. 죽은 이를 묻고 상주가 예를 올리는 사이, 다른 이들이 곡소리를 하는 와중에 "고자~ 현우"라는 말이 들려왔던 것이다. 여기서 고자(孤子)는 아버지를 잃은 외아들, 즉 외로운 아들이란 뜻으로서, 성 기능 장애 환자인 고자(鼓子)가 아닌 상주를 뜻하는 말이었다. 아무튼 우리 가족은 그 이후로도 중학교 2학년에 고자가 된 남동생의 운명을 종종 얘기하며 가장 슬펐던 날을 일상의 기억으로 삭이기 위한 웃지 못할 개그 코드로 사용하곤 했다.

정작 웃지 못할 것은 고자(孤子)는 그저 곡소리만이 아니요, 당시의 사회제도 안에서 실제의 의미를 띠었다는 것이었다. 당시 살아 있었던 호주제는 열네 살에 불과했던 남동생에게 호주, 즉 가문의 주인으로서의 명예인지 멍에인지 모를 칭호를 얹었다. 그가 실질적으로 가장의 역할을 수행했던 것은 아니었으나, 나는 고등학교에 입학해서 가족 관련 서류를 작성하기 위해, 주민등록증을 발급받기 위해, 대학에 입학하기 위해, 직업을 얻기 위해, 호주 성명란에 두 살 어린 남동생의 이름을 적으며 슬프고도 난감한 기분에 휩싸이곤 했다. 남동생은 보호받아야 할 아이일 뿐이었는데, 아버지는 없었지만 어머니와 누나와 동생이 있어 외롭지 않았었는데, 호주제와 가부장제는 그를 외로운 아들, 고자로 호명했다.

호주제는 2005년 3월, 내가 결혼하기 한 달 전에 폐지되었다. 난 그때 호주제가 뭔지, 폐지가 되었는지 어쨌는지에는 별 관심이 없었다. 웨딩드레스를 뭐로 할지, 신부 화장과 스튜디오 촬영은 얼마짜리 패키지로 해야 할지에 온통 정신이 팔렸었다. 그러나 호주제의 근간인 가부장제의 습격은 결혼 직후 다가왔다. 신혼여행을 다녀와서 바로 녹의홍상을 차려입고 누군지도 모르는 시댁 어른들의 묘소에 버선발로 인사를 다녀야 했기 때문이었다.

기세등등한 내과 치프 레지던트인 내가 뭐 하는 거지. 30년에 걸쳐 만들어온 나라는 존재의 성격, 능력, 가치관과 무관하게 갑자기 며느리라는 자리로 유입되어 버리는 사회적 위치의 지각변동이 어처구니없다가, 결혼 휴가인 줄 몰랐던 간호사가 환자 관련 보고를 하기 위해 걸어온 전화를 받고 순간 울음이 터져 나올 뻔했다. 나라는 사람은 어디 갔는가. 나는 인생의 동반자를 얻기 위해 결혼을 한 것이지, 다른 가문의 일원이 되기 위해 결혼한 것이 아닌데.

국가기록원 웹페이지의 자료에 의하면 호주제란 '호주(戶主)'를 중심으로 가(家)를 구성·유지하고, 이를 직계비속남자에게 승계시키는 제도이다. 호주의 승계는 호주의 아들→손자→미혼인 딸→미혼인 손녀→배우자→어머니→며느리의 순서로 남성 우월적으로 되어 있어 폐지한다는 내용도 기술되어 있다. 호주제는 폐지되었으나 문화적으로는 여전히 남성 중심의 가족 질서는 살아 있고, 그것은 평소 일상생활에서는 뚜렷이 보이지 않는다. 그러니 문제를 제기하면 예민하거나 시비 걸기 좋아하는 사람 취급을 받기 십상이다. 그것이 비교적 가시화될 때는 주로 명절 때나 제사 때다. 그러나 몇 번 안 되는 명절 차례·제사상 모시는 것이 그렇게 싫다고 아우성을 치느냐는 핀잔으로 끝나는 것이 보통이다.

그러고 보면 가부장제는 주로 죽은 자와 관련된 의식에서 그 본모습을 여실히 드러내는 것 같다. 아들로 이어지는 대를 이어야 제삿밥을 먹을 수 있다는 집착이 가부장제의 본질이다. 아빠도 이런 것을 원할까? 장례식에서 삼베옷을 입고 어머니보다 앞장서서 손님을 맞이해야 했던 중2 아들. 성인이 되어 제 힘으로 개척한 삶을 살다가 갑자기 결혼과 함께 다른 가문의 일원이 되어버리는 장녀. 이 모두 제사 때만, 장례식 때만, 명절 때만 부여되는 역할이기 때문에 평소에는 잊고 살면 되는 그런 것일까. 아니, 정말 죽은 자들이 이런 질서를 원할까. 그냥 우리, 먼 조상, 남의 조상 말고 우리가 함께했고 기억하고 사랑했던 사람들만 생각하면 안 되는 것일까.

아빠는 딸들도 사랑했지만, 아들이 아들을 낳고 대를 이어 제사를 지내주기를 바라는 마음이 있었을 것이다. 옛날 사람이니까. 하지만 남동생은 사십이 넘은 지금까지 결혼하지 않았고, 아들도 없으며, 고자물을 좋아하는 조카와 함께 낄낄대며 같이 게임하기를 즐기는 웃기는 삼촌이 되었다. 대를 이어야 한다는 압박 따위는 아마도 예전에 벗어던진 듯하다.

나의 전 호주여, 넌 솔로여도 우리가 있을 테니 외롭진 않을 거야. 넌 고자가 아니라고 의사 양반으로서 엄숙히 선언한다.

◗

신천역에서

신천역. 그래 신천역이다. 발음 때문에 헷갈렸던 '신촌역'이 아니고. 집값 상승을 염두에 두었다는 개명이지만 사람들만 헷갈리게 만드는 '잠실새내역'도 아니고(아 물론 집값은 역 이름이 아니더라도 천정부지로 올랐고…… 잠실새내역 가자고 하면 잠실나루역 가는 택시기사님들이 늘 있다) 신천역. 역사의 어두운 조명에 비치는 누런 색의 천장을 쳐다본다. 플랫폼의 촌스러운 초록색 의자에 몸을 기댄다. 이 역이 주변의 다른 역과는 달리 리모델링을 안 한 후줄근한 생김새여서 나는 좋다. 왠지 모를 원주민 '부심'이 생겨난다.

그렇다. 나는 신천역 주변 지역인 '강동구 잠실동'(80년대 초엔 송파구가 아니었다)의 원주민이었다. 37년 전에. 이 역의 플랫폼에 앉아 있노라면 아빠가 생각난다. 잠실 주공 2단지 신축아파트를 분양받아 이사 온 젊은 아빠는 여섯 살과 네 살짜리 꼬마들을 데리고 이 역에서 전철을 탔다. 아마 두 살짜리 막내를 돌보며 지친 엄마가 제발 위의 두 아이라도 데리고 어디라도 나가라고 하소연해서가 아닐까 싶다.

그는 아이들을 데리고 종점인 신설동까지 갔다가, 바로 반대 방향 전철로 갈아타고 다시 신천역에 오곤 했다. 그게 아빠가 꼬마들을 데리고 하는 주말 나들이의 전부였다. 허무하게도. 근처의 어린이대공원에 갈 수도 있었을 텐데. 하지만 주말마다 혼자 아이 둘을 데리고 나들이하기가 쉽지는 않았을 터이다. 마침 집 옆에 새로 지하철이 뚫린 참이었다. 그땐 순환 노선이 아니었고, 최초로 생긴 노선이 종합운동장역에서 신설동까지의 왕복 노선이었다. 제주도 출신의 시골뜨기 젊은 아빠는 집 옆의 지하도로 들어가 기차를 타면 강을 건너 저 멀리까지 순식간에 다녀올 수 있다는 것이 신기했을 것이다. 무엇보다 저렴하고, 꼬마들은 돈을 안 내도 된다! 한산한 전철이 잠실역을 지나 지상으로 나가자 따사로운 주말의 햇살이 객실 안으로 드리워지기 시작한다. 강을 건널 때면 아이들이 차창에 코를 박고 쳐다보며 신기해한다. 초록색 융단으로 덮인 보송보송하고 부드러웠던 좌석에 무릎을 괴고 창 쪽으로 몸을 돌린 채 하늘을 바라보던 꼬마들은 더없이 귀여웠을 것이다. 신천, 잠실, 성내, 강변, 구의…… 역 이름을 척척 순서대로 외우는 여섯 살 딸의 영특함도 자랑스러웠을 것이다. 이제까진 그 시절을 떠올릴 때면 늘 '우리 어디 좋은 데 안 데려가고 기껏 주말에 하는 게 지하철 타기였다니' 하며 어이없어했지만, 부모가 되어 생각해보니 이런 '개꿀 가성비 갑 육아'가 어디 있었겠나 싶다. 돈 안 들고, 안 지치고, 애들 좋아하고.

직장을 옮기면서 어쩌다 보니 나는 이곳에 다시 이사를 오게 되었다. 잠실 주공 2단지의 옛집은 80년대에 제주도로 이사가며 처분한 지 오래다. 집값 상승을 늘 절묘하게 피해서 살아오신 부모님의 삶에 새삼 원망해야 했지만, 뭐 어쩌랴. 지금은 경기도의 집을 팔아도 이곳 전셋값의 2/3에도 못 미쳐 월세로 살고 있다. 이 지역에서는 월세도 웬만한 서민의 수입으로는 어림도 없다는 것도 알지만, 동네를 걷다 사람들을 마주치면 '저 사람은 월세일까, 전세일까, 자가일까?' 가늠해보며 어깨는 절로 수그러들고 마음은 닫힌다.

그래도 신천역의 낡은 천장을 올려다볼 때면 왠지 모르게 푸근해진다. 지난여름 폭염 때는 낙후한 역 안이 너무 더워서 정말 힘들긴 했지만…… 이 동네의 지상은 역 안과는 대조적이다. 소위 '엘리트'(잠실 주공 1, 2, 3단지를 재건축한 엘스 리센츠 트리지움 아파트 이름을 합쳐서 그렇게 부른다고 한다) 학군의 고고함, 소설 《잠실동 사람들》에 그려진 준(準)강남 지역의 욕망과 허세, 아파트 길 건너 유흥가의 번쩍임과 북적거림. 그 아래에 깔린 이 좁디좁은 답답한 공간은 약간의 추억과 위안을 내게 선사한다.

플랫폼의 촌스러운 녹색 의자에 앉아 전철을 기다리는 내 아이에게 이 역은 어떤 기억으로 남게 될까. 열 살까지 살던 일산의 백마공원과 정발산의 나지막이 여유로운 풍경을 마음의 고향으로 삼은 이 아이에게 신천역의 답답하고 허름한 실내공간은 어떻게 다가올까. 만화책을 사러 가는 길이니 꼭 나쁜 것만은 아니겠지. 그에게도 수많은 유년기의 한 장면 중 떠올리면 미소를 짓게 만드는 어떤 것이기를 기대한다.

◑

내 인생의 대머리들

초등학교 6학년 아들은 주호민 웹툰 작가의 열렬한 팬이다. 엄마 어깨너머로 《신과 함께》 단행본을 보며 만화에 눈을 뜨게 되었다. 지금은 작가가 출연한 티브이 프로그램도 유튜브에서 찾아서 챙겨보고, 어설픈 솜씨로나마 작가님께 헌정하는 만화를 그리기도 한다.

사실 아이는 작가의 만화보다도 그의 헤어스타일을 더 좋아하는 것이 아닌가 싶기도 하다. 주호민 작가는 머리카락 한 올 없는 대머리로 유명한데, '파주스님'으로 불리며 수많은 동료 작가들의 만화에도 등장하고 있다. 그와 같은 작업실을 쓰는 이말년 작가 역시 주호민 작가와 그의 대머리를 집요하게 만화 소재로 삼는다. 이말년 작가의 〈대머리 특별 금지법〉이라는 만화는 탈모인들을 사회적으로 탄압(?)하고 모두 감옥에 가두어 결국 반란을 초래한다는 충격적이고도 황당한 내용인데, 아들이 이 이야기를 어찌나 좋아하던지, 날 앉혀놓고 반복해서 보여주는 통에 결국 한마디하고 말았다.

"너, 이러는 거 외할아버지가 보시면 좀 섭섭해하시겠다."

"네?"

"말했잖아. 외할아버지도 대머리였다고."

"아, 그랬지……."

　우리 아빠는 대머리였다. 만 30세에 찍은 결혼사진만 봐도 이미 이마가 훤하다. 30대 후반에는 정수리가 훤한 지경에 이르러, 그때 사진을 보면 지금의 나보다 젊은데도 한층 나이 들어 보인다. 주름 하나 없이 탱탱한 피부를 지니셨지만 다 소용없었다. 40대 초반에 배 나온 대머리 아저씨가 되었으니, 국민학생이었던 딸의 자존심에 상처를 주기에는 충분했다. '아빠는 공부를 많이 해서 대머리가 된 것이다'라고 엄마는 강변하였으나, 티브이나 신문에 나오는 아빠보다 더 공부를 많이 했을 저명한 학자들은 대머리가 아니었다. 급기야 사춘기 초반에 접어들어 예민해진 나는 '아빠가 대머리가 아닌 느낌은 과연 어떤 것일까? 머리숱이 풍부한 평범한 아빠와 같이 다니는 느낌은 어떤 것일까?'하고 상상하기에 이른다.

　그래서 6학년 운동회에 아빠가 일찍 퇴근해서 중간에 오신다고 했을 때, 친구들이 아빠를 볼까 봐 걱정했다. 게다가 그날은 바람이 부는 게 아닌가! 딸을 발견한 후줄근한 양복 차림의 아빠가 반가운 얼굴로 손을 흔들었을 때, 텅 빈 이마를 덮기 위해 길게 길러서 넘은 옆머리는 만국기가 가득한 하늘에 어지럽게 나부끼고 있었다. 내 마음속엔 반가움, 창피함, 미안함, 그런 여러 가지 감정들이 한꺼번에 차올라 아빠의 머리카락처럼 뒤엉키고 있었다.

그때의 솔직하고 복잡한 마음을 담은 산문을 써서 글짓기 대회에 제출했다. 아빠의 외모가 부끄럽다고 쓰는 게 너무 미안했지만 글은 솔직하게 써야 한다고 배웠으니까. 잘 기억은 안 나지만 고지식하게 잔인한 동심을 드러낸 그 글은 꽤 큰 상을 받았다. 아빠는 글을 읽고서도 전혀 서운해하지 않았다. 너털웃음을 터뜨리며 자랑스러워하시는 것을 보고 또다시 죄송스러운 마음이 들었다.

아빠는 돌아가셨지만 여전히 많은 탈모인을 만난다. 아빠 같은 남성형 탈모가 아니라 항암 화학 치료로 인한 탈모를 겪는 환자들이다.

"주사 맞으면 머리털이 빠지나요?"

항암 치료를 시작하는 환자들이 가장 많이 묻는 말이다. 탈모는 의사들이 그다지 관심을 두는 부작용은 아니다. 머리카락이 빠진다고 응급실에 와야 하거나 생명에 위협이 오진 않으니까. 설사, 탈수, 감염 등 그보다 훨씬 더 위험한 부작용에 관해 설명하고 예방하는 것이 더 중요하다고 생각한다. 그에 비해 탈모는 막을 수 있는 것도 아니니, 건조하게 간단히 설명하는 것이 전부다.

"좀 빠집니다. 첫 주사 맞고 2-3주 정도 되면 빠지기 시작할 거고요. 개인차가 있으니 가발을 살지 여부는 빠지는 거 보시고 결정하면 될 것 같습니다. 항암 다 마치면 다시 납니다."

"에휴…… 그만큼 약이 독하다는 거지요?"

"머리가 많이 빠진다고 해서 다른 부작용이 더 심한 건 아니에요."

"요즘은 머리 안 빠지는 약들도 많다던데……."

"네 그렇죠. 하지만 환자분에겐 이 약이 제일 적합해서 권해드리는 거예요. 약이 잘 듣는 게 더 중요하지 않겠어요?"

표적치료제와 면역 치료제 같은 신약들이 속속 등장하면서 탈모를 일으키는 세포독성항암제들은 점점 그 비중이 줄어들고 있지만, 그래도 여전히 치료의 근간은 독소루비신, 파클리탁셀, 이리노테칸 등 머리가 빠지는 세포독성항암제이다. 종양내과의사들이 환자에게 투여할 약제를 결정할 때 탈모 여부는 그리 중요한 기준이 아니다. 종양을 얼마나 많이, 얼마나 오래 억제할 수 있을지, 재발을 얼마나 막을 수 있을지, 입원이 필요한 심각한 부작용이 얼마나 되는지에 주로 관심을 둔다. 물론 탈모가 환자들에게 사회적·심리적으로 중요하다는 것은 안다. 탈모는 단순히 미용상의 문제가 아니며, 우울감을 악화시키거나 자존감을 떨어뜨릴 수 있고, 어린 자녀들에게 심리적 영향을 줄 수도 있다. 그러나 당장 관심을 가진다고 해서 해결할 수 있는 일은 아니니 의사의 우선순위에서는 밀린다. 환자들은 자신이 중요하게 생각하는 문제를 의사들은 대수롭지 않게 여긴다고 종종 섭섭해한다. 그러나 바쁜 의사들의 머리는 '해결 가능성'을 염두에 두고 움직인다. 어쩔 수 없는 일이다.

수년 전, 병원 어린이집을 다니던 아들을 퇴근길에 데리고 나오다가 병원 앞에서 택시를 잡던 한 청년과 마주쳤다. 머리카락은 한 올도 없었고, 아마도 항암 치료를 받고 퇴원하는 길인 듯 했다. 부인으로 보이는 젊은 여성, 그리고 어머니로 보이는 중년 여성이 여행 가방을 들고 따라가고 있었다. 만 다섯 살이던 아들은 "빡빡이 아저씨다!"라고 외쳤고, 다행히 그 청년은 듣지 못한 것 같았다.

　아이를 멈춰 서게 한 뒤 눈을 맞추고 얘기했다. 그분은 너무 아파서 힘든 치료를 하느라고 머리털이 빠진 거라고. 그런데 네가 빡빡이 아저씨라고 놀리면 얼마나 가슴이 아프겠느냐고. 절대 그런 말을 함부로 해서는 안 된다고. 아이의 천진난만한 마음이 한없이 잔인할 수 있음을 알게 된 날이었다. 한편 그 청년에게 아이가 있다면, 그 아이의 마음은 어떨까도 생각해보게 되었다. 아마도 남성형탈모증을 겪는 아버지의 자녀가 느끼는 철없는 부끄러움과는 비교할 수 없을 것이다. 그보다는, 아마도 삶이 조금씩 꺼져가며 더 이상 나를 지켜주지 못하는 아버지를 바라보았던 심정에 더 가까울 것이다.

　"항암 좀 쉬면 안 될까요…… 곧 아이 결혼식이 있어서……."

　"네! 언제시죠?"

　"한 달 남았는데…… 항암 안 한 지 시간이 좀 지나니 머리도 나고 기운도 좀 더 나는데…… 다시 치료 들어가면 힘들어질 것 같아서, 그때까지만 쉬면 좋겠어요. 그동안 별 문제는 없겠죠?"

"치료를 쉬면 종양이 약간 더 커지기는 할 거예요. 하지만 몸에 큰 무리를 줄 정도는 아닐 것 같습니다. 그럼 잘 쉬고 오시고 혹시 다른 불편한 증상이 있으면 예약을 당겨서 미리 오세요."

암환자 중 가장 많은 연령대가 50·60대이다. 이들의 버킷리스트 중 하나는 아마도 자녀의 결혼식에 참석하는 것일 게다. 비혼을 선택하는 사람들도 많아졌지만, 아직 우리 부모 세대는 여전히 결혼과도 같은 통과의례에 담긴 전통적인 가치를 소중하게 생각한다. 한복에 올림머리를 하고 촛불을 밝히는 어머니, 딸의 손을 잡고 식장에 입장하는 아버지의 역할을 훌륭히 해내고 싶어 한다. 아무래도 티가 나는 가발로는 안 될 것 같다, 얼굴빛도 좀 더 좋아야 할 것 같다, 항암 치료가 1·2주만 미루어져도 그동안 암이 진행하는 것 아니냐고 불안해하는 환자들이 가정의 대소사를 앞두고는 치료를 쉬고 싶어 한다. 질병의 진행 속도에 따라 다르지만 나도 대개는 기꺼이 그러자고 한다. 항암 치료의 목적은 다른 것이 아닌, 이런 순간을 지키기 위한 것이기 때문이다. 대개 한 달 정도 치료를 쉬면 머리카락이 조금씩 나고 혈색도 돌기 시작한다. 아직 몸속에 암 덩어리는 살아 있지만, 가족과 함께할 그 순간을 위해 머리카락은 새순이 돋듯이 조금씩, 눈물겹게 자라난다.

최근 두피를 차갑게 하는 두피 냉각 치료가 항암제로 인한 탈모를 줄여주었다는 논문이 나와 많은 관심을 끌었다. 2017년 미국의사협회지에 실린 무작위 배정 연구 결과에 의하면, 항암

주사를 맞기 전 30분 전부터 90분 후까지 두피 냉각 모자를 착용했더니 절반 정도의 환자들이 가발을 쓰지도 않아도 될 정도로 머리카락을 보존할 수 있었다고 한다. 두피를 차게 만들면 혈관이 수축해서 모낭 세포의 신진대사를 늦추고, 항암제가 모낭 세포에 미치는 영향을 줄일 수 있다는 것이 그 과학적 근거이다.* 아직은 꽤 비싸고, 우리나라에 도입이 되지 않았지만 아마 조만간 써볼 수 있지 않을까 싶다. 항암 치료를 받으면서도 자녀의 결혼식이나 입학식에 갈 수 있고, 친구들과 만날 수 있고, 일상을 누릴 수 있게 해주는 것. 과학은 만능은 아니지만, 때로는 이렇게 사소하면서도 큰 힘을 발휘한다.

빠진 머리카락이 새로 나면서 꽃으로 피어나는 그림을 본 적이 있다. 같이 내과 수련을 하는 벗이 보여준, 어떤 유방암 환자가 그렸다는 그 그림이 마음속에 벅찬 감동으로 남아 있다. 힘든 치료를 마친 환자들에게 머리카락은 생명이요 봄이요 햇살이니까. 반면 항암 치료로 머리카락이 빠진 친구가 용기를 잃지 않도록 같이 삭발을 했다는 아이의 마음 역시 따사롭다.

저세상에 계신 아빠도 혹시 머리카락이 나고 있는 건 아닐까. 하지만 정수리에 머리카락이 없어도 아빠 역할을 훌륭히 해

---

* Nangia J, Wang T, Osborne C, et al. Effect of a scalp cooling device on alopecia in women undergoing chemotherapy for breast cancer: The scalp randomized clinical trial. JAMA 2017; 317: 596-605.

내던 그에게 머리카락이 꼭 필요할 것 같지는 않다. 비록 결혼 식장에 같이 입장하지는 못했지만, 신랑과 함께 손잡고 씩씩하게 입장했던 딸을 만나면 알아볼 수 있게, 아마 지금도 반짝반짝 대머리인 채로 살고 있을지도 모른다. 이말년 작가가 〈대머리 특별 금지법〉 만화를 마무리하며 남긴 명언은 쿨한 대머리로 살아갔던 아빠에게 꽤 잘 어울린다.

머리카락은 내 것이 아니라 신에게 잠시 빌린 것. 언젠가 돌려주어야 할 일인데 대머리는 조기 반납한 것 뿐. 단지 순서의 차이 아니겠는가.

◑

내가 암환자가 된다면

2013년 유명 배우 앤젤리나 졸리가 암 예방을 위해 난소절제
술에 이어 양측 유방절제술까지 감행한 것이 알려졌을 때, 나
는 그녀의 결정에 놀라지 않았다. 어머니를 잃은 기억은 어떻
게든 살아 아이들을 지켜야겠다는 절박함으로 다가왔을 것이
다. 게다가 그녀가 어머니로부터 물려받았다는 BRCA1 유전자
변이는 침투율*이 높아서, 평생 유방암이나 난소암에 걸릴 위험
은 70~80퍼센트에 달한다. 이 정도의 높은 확률이라면, 매년 검
진을 하면서 불안에 떠는 것보다는 문제가 발생할 만한 장기를
제거하는 것이 차라리 이득일 수 있다. 쉬운 결정은 아니었겠지

---

* 암 유전학에서 침투율(penetrance)은 부모로부터 물려받은 특정 유전자변
  이가 나의 몸에 있을 때 그것이 실제 나에게 병을 일으키는 분율을 의미
  한다. 암과 관련된 유전자변이를 가졌다고 모두 암에 걸리는 것은 아니
  며, 침투율은 암유전자의 종류에 따라 다르다. 유방암 및 난소암과 연관
  된 BRCA1 변이, 또는 가족성 위암과 관련된 CDH1 변이는 침투율, 즉 평
  생 암에 걸릴 확률이 약 70~80퍼센트이다. 가족성 대장암과 관련이 있는
  MLH1, MSH2 등의 경우에는 50~60퍼센트이고, 반면 유방암과 관련이 있
  다고 알려진 ATM, CHEK2 변이의 경우에는 30~40퍼센트 정도로 낮은 편
  이다.

만, 이미 알려진 난소와 유방절제술의 암 발생 위험감소 효과는 그녀에게 수술을 실행할 확신을 주었을 것이다.

나는 어떨까. 아버지가 앓으셨던 담낭암은 유방암처럼 환자가 많지 않아서, 가족력과 암유전자변이와의 연관성을 연구하기가 어렵다. 통계적인 연관성을 찾으려면 대상 환자 수가 상당히 많아야 하기 때문이다. 스웨덴의 국가 암 등록자료 연구에서는 담낭암이 가족력과의 연관성이 상당히 있음을 밝힌 바 있기는 하지만,[*] 아직 그 원인이 될 만한 유전자는 명확히 밝혀지지 않았다. 인도에서 이루어진 전장 유전자 연관성 연구(GWAS, genome-wide association study)에서는 몇 가지 유전자변이가 담낭암 발생 위험과 관련되어 있을 가능성을 제시하기도 했다.[**] 그러나 현재의 연구 결과들을 근거로 특정 암유전자 검사를 받거나 담낭을 미리 제거하는 수술을 받아야 할지는 잘 모르겠다. 담낭암을 포함한 담도암[***]은 우리나라에서 발생률 9위의 암으로 외국에 비해 발생률이 높은 편이어서, 우리나라에서도 담도암의 암

---

[*] Hemminki K, Li X. Familial liver and gall bladder cancer: a nationwide epidemiological study from Sweden. Gut 2003; 52: 592-596.

[**] Mhatre S, Wang Z, Nagrani R et al. Common genetic variation and risk of gall bladder cancer in India: a case-control genome-wide association study. Lancet Oncol 2017; 18: 535-544.

[***] 담낭암(gall bladder cancer)을 포함하여 담관암(cholangiocarcinoma), 바터팽대부암(ampulla of Vater Cancer)까지를 통칭하여 담도암(biliary cancer)으로 부른다. 해마다 발표되는 중앙암등록본부의 국가암통계에서는 '담낭 및 기타 담도암'으로 분류된다.

유전학에 대한 연구가 더 많이 이루어지기를 기대하고 있다.

이렇듯 우리는 아직 암에 대해 모르는 것이 너무나 많다. 더 많은 연구가 필요한 현실이다. 그것을 알려면 환자의 조직과 혈액을 이용하여 암의 성질과 암환자의 유전형질 등을 더 면밀히 파악해야 하고, 환자의 가족력과 생활 습관, 직업, 식사와 운동 등에 대한 정보를 체계적으로 수집해야 한다. 날이 갈수록 발전하는 유전학, 면역학, 암 생물학 연구의 기법들은 이전에 잘 몰랐던 것들을 알 수 있게 해준다.

그래서 나는 매년 하는 직원 건강검진에서 나온 검사 결과와 내가 작성한 생활 습관과 가족력 등의 정보, 그리고 채취한 혈액의 일부가 연구 목적으로 사용되는 데 동의해놓았다. 내게는 직접적인 도움이 되지는 않을 가능성이 크지만, 미래의 어떤 담낭암 환자나 그 가족에게는 도움이 될지도 모른다. 연구 목적으로 제공한 개인 정보가 유출되어 사생활을 침해할 가능성이 아예 없는 것은 아니지만, 그러한 매우 낮은 위험에 비해서는 유용한 데이터의 일부가 되어 공익에 이바지할 수 있다는 보람이 더 크지 않을까 싶다.

앤젤리나 졸리처럼 수술이라는 적극적인 예방책을 사용하지 않는다고 하더라도 당장 암 예방을 위해 할 수 있는 일은 많다. 효과가 알려진 암 검진(위·대장 내시경과 자궁 경부 세포진 검사)을 정기적으로 받고, 음주와 흡연을 피하며, 채소와 과일을 충분히 먹되 골고루 균형 잡힌 식단을 유지하는 것.* 바쁜 생활 속에서도 가급적 지키려고 노력 중이다. 그럼에도 불구하고 암을 완벽히 예방할 수는 없다. 세계보건기구에서도 암 발생의 1/3은 환경적 요인을 조절함으로써 예방이 가능하다고 말하지만, 반대로 말하면 2/3의 발생은 인력으로 막을 수 없다는 얘기다.

건강한 생활 습관을 유지하면서 살아왔는데 왜 암에 걸렸는지 모르겠다며 한탄하는 환자들에게 뭐라 말해야 할지 난감할 때가 종종 있다. 환자에게서 아직 드러나지 않은 유전과 환경요인을 더 찾아봐야겠지만, 딱히 그런 것으로 설명이 되지 않는 경우가 훨씬 더 많다. 암에 걸리는 것은 비극적인 운명의 산물도 아니고, 몸 관리를 제대로 하지 않은 게으름의 대가도 아니다. 살아가면서 일어나는 수많은 세포분열 과정에서의 에러가 쌓인 결과일 뿐. 아무리 건강한 생활 습관을 유지하면서 살아도

* 국립암센터에서는 현재까지 알려진 암의 원인 중 환경에서 유발되어 개선이 가능한 것들을 모아 〈국민 암 예방 수칙〉을 마련하여 발표했다. 그 내용은 아래와 같다. https://www.cancer.go.kr/lay1/S1T200C203/contents.do
  · 담배를 피우지 말고, 남이 피우는 담배 연기도 피하기
  · 채소와 과일을 충분하게 먹고, 다채로운 식단으로 균형 잡힌 식사하기
  · 음식을 짜지 않게 먹고, 탄 음식을 먹지 않기
  · 암 예방을 위하여 하루 한두 잔의 소량 음주도 피하기
  · 주 5회 이상, 하루 30분 이상, 땀이 날 정도로 걷거나 운동하기
  · 자신의 체격에 맞는 건강 체중 유지하기
  · 예방접종 지침에 따라 B형 간염과 자궁 경부암 예방접종 받기
  · 성 매개 감염병에 걸리지 않도록 안전한 성생활 하기
  · 발암성 물질에 노출되지 않도록 작업장에서 안전 보건 수칙 지키기
  · 암 조기 검진 지침에 따라 검진을 빠짐없이 받기

암에 걸릴 수 있다. 나이 들수록 그 확률은 더 높아질 것이다.

　그래서 나는 가끔 내가 암환자가 되면 어떻게 대처할 것인지를 생각해본다. 평정심을 유지하기 힘들 것이다. 나를 비롯한 의사들이 환자들에게 "괜찮다, 다른 분들도 잘 견딘다, 두려워하지 마시라"면서 격려하는 그 모든 일상적인 치료들이, 바로 내가 겪어야 하는 것이라고 생각하면, 아주 적은 가능성의 위험까지 다 떠올리면서 극심한 두려움에 휩싸일 것이다. 그러나 치료를 하지 않았을 때의 위험이 더 큼을 알기에 결국은 할 수밖에 없을 것이다.

　암과 같은 치명적인 질환을 앓게 된다면 우선 마음을 다잡는 데 집중하리라. 많은 환자들이 병에 대한 불안, 두려움을 이기지 못해 잘못된 선택을 하기도 하고, 남은 시간을 의미 있게 보내는 데 실패하는 모습을 보고 안타깝다는 생각을 했다. 나는 먼저 심리 상담을 받아볼 생각이다. 만약 불안과 우울을 견디기 어렵다면 정신건강의학과 진료도 받아볼 것이다. 사실 지금도 직업상 받는 많은 스트레스나 자괴감, 소진을 상담을 통해 돌아보고 싶은 마음이지만 시간이 여의치 않다. 지금부터 스스로의 호흡과 존재를 느끼는 명상도 연습해보려고 한다.

　나는 아버지가 했던 것처럼 일기를 쓸 것이다. 매일의 혈압과 맥박, 몸무게, 체온을 적고 식사와 기분, 증상을 적어볼 것이다. 가족과 지인, 나를 둘러싼 공간과 시간, 일상에서 느끼는 감정들도 기록하리라. 내 존재의 의미에 대한 생각들도 빼놓지 않아야겠다. 내게 주어진 시간에 대한 조바심은 클 것이다. 그러

나 그 조바심 때문에 시간의 의미를 도리어 흘려버리지 않도록,
하나하나 곱씹으며 살아가도록 노력할 것이다.

의학적 근거가 있는 모든 치료들을 검토해볼 것이다. 그것
으로 치료가 어렵다고 판단이 든다면, 임상시험도 고려해보겠
다. 새로운 치료의 기회가 주어질 수도 있고, 도리어 더 많은 위
험을 감수해야 할 수도 있지만, 아직 암 치료에서 해결되지 못
한 많은 물음에 대한 답은 결국 환자들로부터 나올 수밖에 없기
에 기꺼이 그들 중 하나가 되겠다.

만약 항암 치료를 하게 된다면, 치료 중 겪는 수많은 힘든 증
상들을 조절하기 위해 완화 의료의 도움을 일찍부터 받을 생각
이다. 통증이나 구내염, 설사, 피부 발진 등을 조절하는 것은 종
양내과의사의 몫이기도 하나, 완화 의료를 전담하는 의사를 일
찍부터 만나서 같이 증상에 대해 상담을 하면 더 좋을 것이다.
왜냐하면 진행암은 항암 치료의 비중이 시간이 갈수록 줄어들
고 점점 효과적인 증상 조절의 필요성이 더욱 늘어나기 때문이
다. 일찍부터 나의 증상에 대해 잘 아는 완화 의료 전담의를 만
나고 관계를 쌓는다면 정말 힘들어지는 말기 상황에서 큰 도움
을 받을 수 있을 것이다.

그리고 정말 몸과 마음이 쇠약해져 스스로 의사 표현을 하
기 어려울 때에 대비하여, 사전돌봄계획(advance care planning)을 작
성하겠다. 사전돌봄계획이란 자신의 삶에서 무엇이 중요한지,
죽음의 과정에서 어떤 돌봄을 받았으면 좋을지에 대해 미리 생

각해보는 과정이다. 의과대학 학생들을 대상으로 한 수업에서 사전돌봄계획을 작성해보게 하는 숙제를 내면서 내 것도 작성해본 적이 있다. 2018년 2월부터 법제화되어 도입된 사전연명의료의향서는 임종 과정의 의학적 조치에 대해서만 기술하게 되어 있으나, 그 이전에 죽음에 대해 생각해보고 어떻게 마무리할 것인지 생각하는 과정이 필요하다. 그 과정이 바로 사전돌봄계획이라고 할 수 있다. 사전돌봄계획은 먼저 몇 가지의 질문에 스스로 답하는 과정을 거치게 된다.

나의 삶에 의미를 부여하는 것들은 무엇인가?

일인가 가족인가, 어떤 것을 우선순위에 둘 것인가는 매일 부딪히는 숙제이다. 그러나 둘 중 하나만으로는 나라는 사람을 온전히 설명하지도 구성하지도 못한다. 의사라는 직업을 택한 것과 두 아이의 엄마가 된 것은 차근차근 계획하여 진행된 것이 아니라 스며든 것이다. 누군가를 돌보고, 때론 생사를 좌우하며, 길잡이를 해주는 막중한 책임을 과연 내가 수행해낼 수 있을까 자신 없었고, 실제로 둘 다 어렵고 힘들었다. 그러나 어찌 어찌 그 일들을 해올 수 있었던 것은, 상대방이 보여준 신뢰 때문이다.

많은 환자들이 먼저 나를 믿어주었고, 내 작은 진심에도 감사해했다. 많은 이들이 인생의 위기를 대하는 자세를 보면서 배운 것도 많다. 내가 공부하고 일하는 까닭은 밥벌이기 때문이기도 하지만, 환자에 대한 책임을 다하기 위해서이다.

\\\

아이들은 부모가 된다는 건 주는 것보다 받는 것임을 알게 해주었다. 내가 이 정도의 사랑을 받을 자격이 있을까, 내게 기댄 작고 여린 생명을 바라보며 생각했다. 하나의 인생이 태어나 처음 바라보고 따라 하는 대상이 되면 자신의 삶을 끊임없이 돌아보게 된다. 이 두 가지 정체성이 지금까지의 내 삶에 의미를 부여했다. 평균수명만큼 수십 년을 더 산다면 삶에서 다른 의미들이 또 생겨나겠지. 이렇게 써놓고 보니 남은 시간에 대해 두려움보다 기대가 더 커진다.

가족과 친구들이 알고 기억했으면 하는 것들은 무엇인가?

나는 재미있고 매력적인 사람은 아니다. 종종 말실수를 하고 어설프며 상황에 재치 있게 대처하는 능력도 떨어진다. 그래서 친구도 별로 없고 직장에서도 그리 인기 있는 사람도 아니다. 그래서 다른 방법으로 나를 표현하기 위해 글을 쓰는 것을 좋아하는가 보다. 나의 비루한 면을 숨기기 위해서일 수도 있지만, 쓸수록 생각의 파편들을 모아 더 좋은 생각들로 다듬어낼 수 있어 글쓰기가 좋아졌다. 부끄럽긴 하지만 내 글을 가족과 친구들, 지인들이 읽고 기억해주었으면 좋겠고, 불완전하지만 삶의 순간순간을 쓰면서 더 좋은 사람이 되려고 끊임없이 노력하였음을 알아주었으면 좋겠다.

죽음을 앞둔 상황에서 어떤 것이 나에게 중요할 것인가?

가급적 통증이 적었으면 한다. 아프고 싶지도 않고, 아픈 나를 보면서 사랑하는 사람들이 힘들어하는 것도 보고 싶지 않다. 진통제를 쓰다 보면 의식이 떨어져서 다시 진통제를 줄이고, 통증이 다시 심해지는 경우도 있는데, 나는 그런 딜레마에 빠지기를 원하지 않는다. 진통제로 인해 의식이 떨어지더라도 통증을 조절받기를 원한다. 통증이나 다른 증상들이 조절이 잘 안 된다면 완화적 진정*을 받고 싶다. 완화 의료에 익숙하고 유능하며 사려 깊은 의사와 간호사들의 돌봄을 바란다. 그리고 당연하지만, 사랑하는 가족과 함께 있었으면 한다. 아마 마지막엔 병들고 냄새나는 몸으로 그들 곁에 있게 되리라. 그들에게 폐를 끼치고 짐이 되었다는 마음에 괴로워할지도 모르겠지만, 그냥 같이 있고 싶다. 사랑하니까. 무슨 이유가 더 필요할까.

이런 질문에 대답하다보면 마음이 가라앉는 한편 남겨진 사람들 생각에 마음이 아파진다. 그런데 이런 과정 없이는 그 다음으로 나아갈 수가 없다. 삶에 대해 생각해보아야 그 마무리가 어떠해야 하는지 떠올릴 수 있는 것이니까.

사전돌봄계획은 위의 삶에 대한 생각들에 이어서 임종 상황에서의 구체적인 조치들에 대해 결정하게 한다. 내가 중요하게

---

* 완화적 진정(palliative sedation)은 죽음을 앞두고 있는 환자의 통증, 호흡곤란, 섬망, 경련을 비롯한 고통스러운 증상이 다른 방법으로 해결되지 않을 경우, 미다졸람이나 프로포폴과 같은 진정 약물을 투여하여 고통을 느끼지 못하도록 의식을 저하시키는 방법이다. 윤리적·법적 논란이 있어 우리나라에서는 아직 활발히 이용되고 있지 못하다.

\\\

생각하는 가치에 대해 먼저 생각해보고, 그 가치를 죽음에 임박한 상황에서 지키기 위해 어떤 것이 필요한지 헤아려보는 것이다. 이 부분이 사전연명의료의향서에 들어가는 내용이다. 대개 체크리스트 같은 것을 이용한다.

급식 튜브나 배액관 및 카테터는 증상 조절에 도움이 안 된다면 제거할 것, 불필요한 약제는 끊을 것, 영적 돌봄을 받는 것에 체크했다. 그리고 말기암 및 식물인간 상태, 또는 기타 회복 불가능하다고 판단되는 뇌손상의 상황에 처했을 때에는 대부분의 연명의료장치(인공호흡기, 심폐소생술, 급식 튜브와 정맥영양, 투석, 승압제, 체외막산소화장치 등)를 하지 않겠다고 기록했다.

내가 작성한 사전연명의료의향서는 실제로 국가 연명의료 관리 시스템에 등록되었다. 삶에 미련이 없는 것은 절대 아니다. 아직 못 읽은 책, 못 본 영화, 못 가본 여행지가 너무 많고, 앞으로 좋은 연구도 더 하고 싶고, 글도 더 많이 쓰고 싶고, 아이들과 즐거운 시간을 더 많이 보내고 싶고, 한편으로는 아이들의 어린 시절이 조금씩 지나가는 것이 너무나도 아쉽다. 하지만 삶이 영원하지 않다는 것은 분명하기에, 끝이 갑자기 올 수도 있다는 것을 잘 알기 때문에 늘 준비는 해야 한다고 생각할 뿐이다. 40대에 맞이하는 마지막도 갑작스럽겠지만 70, 80대에 맞이하는 마지막 역시 갑작스럽기는 마찬가지일 테니까. 실제로 현장에서 만난 노인분들이 그러하다. 암 진단을 받으면 매우 당황스러워하신다. 나이 든다고 죽음이 친숙하고 자연스럽게 느꺼지는 것은 아니다. 준비가 필요한 것은 그 때문이다.

　죽음과 질병을 터부시하는 우리 사회에서는 내가 암에 걸린다면, 내가 죽는다면, 이라는 가정 자체가 불운을 불러오는 것처럼 느껴질지도 모른다. 그러나 우리는 모두 결국 죽게 되고, 사망원인 1위가 암이니 상당히 높은 확률로 암에 걸리게 될 것이다. 앤젤리나 졸리는 암으로부터 자유로워지기 위해 두 번의 수술을 감행했지만 그녀도 언젠가는 죽게 되리라. 죽음이 앗아갈 것을 떠올리며 두려워하자고 이 이야기를 꺼내는 것은 아니다. 언제 올지 모르는 끝까지 꽉 찬 삶을 살 수 있기를, 마지막까지 소중한 것을 놓지 않는 삶을 살 수 있기를 바라는 마음으로 이런 글을 써본다. 다가오는 죽음으로부터 삶을 지켜내고 더 많은 의미 있는 시간을 만들 수 있도록 돕는 게 나의 일이기 때문이다. 우선은 나부터 그럴 수 있기를 바라본다.

초고를 출판사에 넘긴 후 다가오는 감정은 두려움이었다.

첫 책을 내는 저자로서의 두려움일 수도 있겠지만, 처음 이 이야기를 쓰기로 마음먹음과 동시에 간직해온 두려움은 아직도 채 사그라지지 않았다.

나와 가족의 이야기를 하는 것이 두려웠다. 엄마와 동생들에게 허락을 받기는 했지만 여전히 그들에게 이 책에 대해 얘기하기가 민망하다. 그들의 개인사와 아픈 기억까지 들추는 것 같아 미안하기도 하다. 의사라는 정체성을 드러내고 개인적인 글을 쓰는 것 역시 부담스러운 일이다. 환자에게 객관적인 제3자여야 하는 의료인이 개인적인 경험이나 감정을 드러내는 것은 일종의 금기로 여겨지는 경향이 없지 않다.

그러나 나에겐 나의 이야기를 쓸 수밖에 없는 사정이 있다. 아버지의 죽음을 둘러싼 기억과 감정은 내가 생각해왔던 것보다 내 의식과 삶에 강렬한 영향을 미쳤다는 것을 시간이 지나서야 알게 되었다. 언젠간 어떤 형태로든 정리하지 않을 수 없겠다는 생각을 늘 하고 있었다. 게다가 죽음은 우리 가족만 겪은 특별한 사건이나 비극이 아닌 보편적인 문제이다. 그럼에도 불구하고 늘 일어나서는 안 될 일인 양 여겨지는 것, 실제로는 가능하지 않은 영속성을 기본적인 것으로 생각하는 문화는 환자들이 죽음을 대하는 태도에도 영향을 미친다. 끊임없이 희망을 찾고 삶을 갈구하는 것은 인간의 본능이지만, 결국 끝까지 나라는 존재 그 자체이기 위해서는 받아들임과 준비가 필요하다.

내 슬픔을 돌아보고 나면 더 이상 눈물 흘리지 않아도 될 거라는, 글을 쓰기 시작했을 때의 바람은 이루어지지 않았다. 아직도 나는 죽음을 앞둔 이들을 대하며, 내 기억을 더듬으며 감정을 조절하지 못하고 눈시울을 붉힌다. 달라진 것이 있다면 좀더 뻔뻔해졌달까. 그래 나 울보다. 슬프면 운다. 슬프면 울어야 한다. 나는 울고 싶지 않은 게 아니라 울자고 말하고 싶었던 것 같다. 죽음은 우리 가족만의 특별한 비극이 아니며, 당신의 비극역시 당신만이 겪어야 하는 운명적인 고통은 아니니 부끄러워말고 마음껏 울자고 말하고 싶었던 것이다. 슬픔은 의외로 도처에 널려 있고 우리는 모두 슬픔을 견디며 살아간다. 그것을 애써 숨기기보다 표현할 때 "삶의 심술궂고 부당한 것들을 함께 받아들여 그대로 삶에 통합시킬 수 있는 정직함"《슬픔의 위안》)을 지닐 수 있다는 믿음이 생겼다. 본문에서 인용한 《슬픔의 위안》의 저자들이 책을 쓴 이유는, 내가 글을 쓰기 시작한 이유와 정확히 같다.

"이 책에 담긴 모든 이야기와 정보의 목적은 오직 한 가지다. 바로

당신이 혼자가 아님을 일깨워주는 것이다. 다른 이들도 당신이 느낀 것을 느낀다."

두 번째의 두려움은 어쩌면 기우일런지도 모르겠다. 어려서 아버지를 잃은 아이가 각고의 노력 끝에 의사가 되어 부모와 같은 환경에 있는 환자들을 위해 애쓴다는 일종의 클리셰로 받아들여지지 않을까 싶어 두렵다. 그러나 나의 동료들의 부모님 역시 암을 비롯한 질병을 앓고 돌아가신다. 당연하지만 의사들도 사람이다. 그들 역시 인간의 고통과 슬픔을 겪고 느낀다. 그럼에도 불구하고 당신에게 공감하지 못하는 것처럼 보이거나, 무관심하거나 냉정하게 느껴진다면, 그 이유의 상당 부분은 제도의 문제라고 말하고 싶다. 세계 최고의 고효율 의료시스템에서 환자는 끝없이 돌아가는 컨베이어벨트의 공산품인 양 다루어지지만, 의사 역시 그날그날의 할당량을 채우기 위해 컨베이어벨트에서 영혼을 잃고 일하는 노동자와 비슷한 처지다.

치열한 경쟁을 뚫고 최고의 입시 성적을 거두어야 의과대학에 들어갈 수 있는 사회이지만, 의사에 대한 사회적 신뢰는 그리 높지 않다. 의사들이 머리에 지식만 들어찬 이기적인 공감 능력 결핍자로 묘사되는 것은 흔한 일이다. 그래서 그런지, 그동안 개인 블로그에 이 책에 실린 글을 올리면서 '이런 의사도 있네요'라는 댓글을 자주 보았는데, 그럴 때마다 얼굴이 화끈거렸다. 나의 진료실은 여느 진료실과 마찬가지로 다급하고 정신없는 3분 진료 공장에 불과하다. 그 속에서도 어떤 환자들은 위안을 얻기도 하지만, 다른 이들은 마음에 깊은 내상을 입기도 한다. 팍팍한 현실 속에서 사람들이 '환자를 진심으로 대하는' '인술을 펼치는' 의사를 기대하는 마음은 어쩌면 당연한 것일지도 모른다. 그러나 그런 좋은 의사가 일부고, 나머지는 나쁜 의사일까. 대부분의 의사들은 충분한 선의를 가지고 있으나 그것만으로는 제도의 한계를 넘어설 수 없는 평범한 직장인들일 뿐이며 나도 그들 중 하나에 불과하다.

내 글이 다른 누군가의 마음에 다가간다면, 어떤 방식으로든 그의 생각과 영혼을 읽기 전과 다른 것으로 바꾸어 놓는다면, 정말 놀랍고도 감사할 것 같다. 그 과정에서 내가 의도한대로 받아들여지지 않을까 걱정하는 것은 주제넘은 짓일지도 모른다. 그럼에도 불구하고 굳이 사족을 다는 이유는 그만큼 걱정이 많기 때문이다. 바라건대 앞으로도 계속 글을 쓰고 싶고, 그러기 위해 사족을 달지 않아도 될 만큼의 여유 있는 마음과 자신감을 얻고 싶다.

엄마는 본인이 쓴 책만큼이나 이 책도 읽기 어려워하시겠지만, 그래도 이 책을 엄마에게 바쳐야겠다. 김정인 님, 이 책은 당신 것입니다. 글쓰기를 격려해주고 첫 번째 독자가 되어준 남편 김태훈에게도 고마움을 전한다. 사랑하는 아들과 딸, 김재현과 김민서는 시간을 관통하는 가족의 의미를 나에게 일깨워주었고 글의 중요한 소재가 되어주었다. 부모는 주는 사람일 뿐 아니라 받는 사람임을 가르쳐준 소중한 아이들을 키우면서, 나도 엄마와 아빠에게 뭔가를 주었을지도 모른다는 위안을 얻었다. 우리는 자신도 모르게 타인에게 상처를 주기도 하지만, 반대로 의도치 않은 힘이 되거나 기쁨을 선사하기도 한다. 나의 앞으로의 말과 행동이, 그리고 이 책이 누군가에게는 그랬으면 좋겠다.

잃었지만
잊지 않은 것들

1판 1쇄 발행 2019년 8월 9일
1판 7쇄 발행 2023년 9월 11일

지은이 김선영
그린이 곽명주
펴낸이 주연선

Lik-it

04035 서울특별시 마포구 양화로11길 54
전화 02)3143-0651~3 | **팩스** 02)3143-0654
신고번호 제 1997-000168호(1997. 12. 12)
www.ehbook.co.kr
lik-it@ehbook.co.kr
www.instagram.com/lik_it

ISBN 979-11-89982-22-5 03810